契诃夫手记

[俄] 契诃夫 著 贾植芳 译 洪子诚 导读

Записные книжки

上海文艺出版社

新版序言
"'有神'与'无神'之间,隔着广大的空间"
洪子诚

《契诃夫手记》(下面简称《手记》)是契诃夫的书,也是贾植芳先生的书。这样说不仅因为贾先生是《契诃夫手记》的译者,还因为这本书和译者情感、生命之间的联系。1953年译本由文化工作社初版后的第三年,贾植芳就因胡风事件而遭受牢狱之灾。二十多年后冤案平反,他偶然从图书馆看到这个译本,"就像在街头碰到久已失散的亲人一样,我的眼睛里涌出了一个老年人的泪花"。原先贾植芳翻译这本书的初衷,是基于对这位俄国作家的喜爱,对他在人生道路上给予的启示;经历了二十多年坎坷的生命历程,他更意识到这种启示、支持的力量:就如贾植芳说的,让他"像一个人那样活了过来"(《1982年版题记》)。

《手记》包括1892年到去世当年契诃夫日常生活中观

察、阅读、思考的片断记录，其中有一些成为他后来作品情节、人物的依据。另外的部分，是他1896年到1904年的日记。80年代《手记》新版增加了江礼旸翻译的《补遗》。书中还附录了契诃夫妻子奥尔加·克宜碧尔（也译为奥尔加·克尼碧尔）谈契诃夫临终情景的文字，和他的弟弟写的《契诃夫和他的作品中的题材》。《契诃夫年谱》是贾植芳在80年代初编写的，留存有那个时期思潮的痕迹；而《我的三个朋友》一文讲述的则是这个译著出版和再版的经过。对契诃夫和俄国文学的研究者来说，《手记》自然是重要的材料，于一般读者而言，既可以借此了解这位作家的思想艺术，它也是一部值得一读的智慧、幽默的杂记随笔集。

契诃夫对生活，对艺术有他的独特追求，有他的坚持的理想和思想原则，但正如不少同时代人和后来评论者说的那样，他是生性谦逊的人。在写出《草原》《命名日》这样的作品之后，他给柴可夫斯基的信中，在以托尔斯泰为首的名单中将自己列在第98位。托马斯·曼说，直到生命的结束，他也从来不曾摆过文学大家的架子，更不用说那种哲人的或托尔斯泰式的先知的派头了；"多年来西方，甚至俄国对契诃夫评价不足，在我看来是跟他对待自己的那种极端冷静、批判而怀疑的表现以及他不满意自己的劳动的那种态度，简单说吧，是跟他的谦逊分不开的"。伊利亚·爱伦堡也有相似的评述，说契诃夫不断矫正自己的缺点，但"他无需与骄傲作斗争","他逃避荣光"(《重读契诃夫》,童道明译)。1900年,他离世前四年,在和蒲宁的一次谈话中,有点忧伤地预测他的作品还会给人读七年。他几乎没有写过专门的文学问题文章,也没有撰文谈论过自己的创作。我们现在看到的《契诃夫论文学》(汝龙译,人民文学出版社,1958),收录的主要是他写给亲人和朋友的书信,以及同时代人回忆的言谈片断。《手记》中记录了这样的细节,在朋友家聚会,突然有人面色庄重举杯向他致敬,"在我们这个理想变得黯然无光的时代……你播种了智慧,不朽的事业啊"。听到这些恭维的话,契诃夫当时的反应是,"我觉得我本来是盖着什么东西的,现在却被揭去了,被人用手枪瞄准着"。

契诃夫在德国的巴登韦勒去世,那是1904年7月。比他小15岁,刚开始文学写作的托马斯·曼谈回忆说,他极力思索,也无法记起这位作家逝世的消息给他留下什么印象。虽然德国报刊登载了这个消息,也有许多人写了关于契诃夫的文章,可是"几乎不曾引起我的震惊",也绝对没有意识到俄国和世界文学界遭遇到很大损失。托马斯·曼的这个感觉是有代表性的。契诃夫不是那种能引起震撼效果的作家,他不曾写出"史诗"般的宏篇巨构,在写作上没有表现出如托尔斯泰、巴尔扎克那样的"英雄式"的坚韧气概。但是正如托马斯·曼说的,虽说他的全部作品是对于史诗式丰碑伟业的放弃,"却无所减色地包括了无边无际广阔巨大的俄国,抓住了它远古以来的本然面目和革命以前社会条件之下毫无欢乐的反常状态"——对于他的价值，他的"能够将丰富多彩的生活全部容纳在自己的有限篇幅之中而达到史诗式的雄伟"，人们是逐渐认识到的（《论契诃夫》，纪琨译）。确实，对许多作家、读者来说，和契诃夫相遇不一定就一见钟情，可一旦邂逅并继续交往，他的那些朴素、节制、幽默、忧郁，也对未来满怀朦胧想象的文字，很可能就难以忘怀。

贾植芳说契诃夫让他"像一个人那样活了过来"，"像一个人"的"人"没有前置词和后缀，就是日常生活中的人，普通的人。契诃夫作品的人物图谱中，基本上也是一些"小人物"，用当代一个奇怪的概念来说就是"中间人物"。我们从里面找不到搏击风浪的英雄，其实也可以说没有典型的坏蛋、恶棍。他刻画了19世纪末俄国社会中下阶层的各色人物：地主、商人、乡村教师、医生、农民、大学生、画家、演员、小官吏、妓女……其中，知识分子占有重要地位，也倾注作家很多的复杂情感。他笔下的知识分子，大多是有道德理想、有庄严感，不倦想象、追求着有价值生活目标，并自认为对人类怀有责任的人。但同时，他们又是软弱，缺乏行动力，生活在乌托邦梦幻烟雾里，什么大事都做不成的人。《手记》中有这么一条，"伊凡虽然能够谈一套恋爱哲学，但不会恋爱"——贾植芳先生加了一个很好的注释，指出了这里的双关义：契诃夫之兄名伊凡，伊凡"泛指俄国普通人,以至有'俄国伊凡'之说"。

这样的人物自然难以鼓动起读者的斗争热情,契诃夫也不会有这样的打算——从《手记》中知道,他质疑将人类历史看成战斗的连续,将斗争当作人生主要东西的看法。那么,这些"灰色"人物有什么存在的价值?作为艺术形象他们的意义何在?或许可以用曾是契诃夫同胞的纳博科夫的话作答:

> ……契诃夫暗示说,能够产生出这种特殊类型人物来的国家是幸运的。他们错过时机,他们逃避行动,他们为设计他们无法建成的理想世界而彻夜不寐;然而,世间确实存在这样一种人,他们充满着如此丰富的热情、强烈的自我克制、纯洁的心灵和崇高的道德,他们曾经存活过,也许在今天冷酷而污浊的俄罗斯的某个地方,他们仍然存在,仅仅这么一件事实就是整个世界将会有好事情出现的预兆——因为,美妙的自然法则之所以绝妙,也许正在于最软弱的人得以幸存。(《论契诃夫》,薛鸿时译)

契诃夫在写作上严格面对现实生活;他努力拓展生活的疆域,但从不写他不熟悉、未曾深入体认的事物。《手记》中说,哈姆雷特不该为梦见的鬼魂奔忙,"闯入生活本身的鬼魂更可怕"。他的作品——小说、戏剧,也包括这本《手记》,

给我们许多启示、感动我们，犀利的观察和评述推动着我们的思考。当然，我们也会有疑惑，也会与他磋商，甚至暗地里发生争议。譬如：对人性的理解（"邪恶——这是人生来就背着的包袱"；爱、友情并不可靠，而仇恨"更容易将人团结在一起"）；对女性品格更多的苛求；对自然科学、科技发展推动人类进步的理想化想象……但是，我们没有料到的是，这个热切追求理想生活和人的高度精神境界，不断揭露虚伪、庸俗、欺诈、暴力的作家，在世和死后，却会受到冷漠、无倾向性、无思想性的责难，以至在他死后五十多年，爱伦堡在《重读契诃夫》中，还要用很多篇幅来为他辩护。

造成这个状况的原因，一是契诃夫很少在他的作品中发表政治见解，在俄国当时的政治派别和意识形态纷争中，从未明确表示他的派别立场和意识形态归属。另一方面，则是他看待生活、看待人的方式。对于责难他曾有这样的回应："我不是自由主义者，不是保守主义者，不是渐进论者，不是僧侣，不是冷漠主义者……我憎恶一切形式的虚伪和暴力"；"当然，我的小说中平衡正负关系的努力是可疑的。但要知道，我并不是在平衡保守主义和自由主义，这些对我并不重要，我关注的是人物的虚假和真实"。

"平衡"这个词，也可以用分配、调适来替代，可以理解为慎重处理对立物关系。别尔嘉耶夫在《俄罗斯思想》中说过，俄罗斯精神结构中具有两极化的对立倾向，一切事物均按照正统和异端来进行评价；俄罗斯人不是怀疑主义者，不大了解相对的东西。契诃夫对这一特性也有深切了解，他警惕、抵抗着这种极端性。《手记》中写道："在'有神'与'无神'之间，隔着广大的空间。……俄罗斯人都知道这两个极端之中的一个，但对于这中间却毫无兴趣。"契诃夫在"有神"与"无神"，爱与恨，观念与行动、真实与美，犀利的揭发与体谅的同情……之间的"平衡"，从根本上说不是导向无原则的中庸、冷漠，而是尊重事物的复杂和多样，并最终为常识，为弱者，为普通人争取到存在的价值和尊严。

在"可疑"的平衡正负关系的努力中，艺术家的社会责任和艺术创造的自由，是其中重要的一项；契诃夫的处理方式，也提供了后来讨论这一无解问题的绝佳"案例"。"案例"这个词，来自爱尔兰诗人希尼，他写有《尼禄、契可夫的白兰地和一根敲击棒的有趣案例》(The Interesting Case of Nero, Chekhov's Cognac and a Knocker，吴潜诚译，《希尼诗文集》中马永波译为《尼禄、契诃夫的白兰地与来访者》)。这里牵涉到契诃夫一生中的一个重要事件：1890年30岁时的萨哈林岛之行。这期间，契诃夫已经确立了他的艺术家的社会地位，他执意长途跋涉去考察囚禁各种罪犯的"罪恶之岛"的决定让莫斯科的朋友吃惊。契诃夫认为，作为一个帮人解除病痛的医生，有权在世上占有一定位置，但是在许多人得不到自由，遭受苦难、折磨的情况下，从事修辞写作和艺术演练，岂不是对生命的冒犯、亵渎？他需要有所证明，他决定进入这个"罪恶之岛"，与囚犯一起生活，写出类乎见证之书的考察报告。临出发时，朋友送他一瓶高贵白兰地，在六个星期的舟车劳顿中一直珍藏。待到达萨哈林岛的那一天晚上，才开瓶畅饮这琥珀色的醇香的酒。希尼将这看作是象征意义的一刻：白兰地不仅是朋友的礼物，也是契诃夫的艺术：他对周围的苦难毫不退缩，他有了回应而获得心安，获得了作为一个艺术家的内心的平静。

这里涉及严肃、真诚的艺术家经常面临的艺术与真实、与生命，歌唱与苦难的紧张关系。如同希尼说的，诗歌、艺术无论怎么有所担当，总有一种自由的、不受束缚的因素，总有欣悦、逃遁的性质。因此，艺术家在抉择上，在契诃夫所说的"平衡"上的工作并不容易，这种调适和平衡也无法一劳永逸。契诃夫的萨哈林岛之行，是以亲身深入苦难之境的行动来介入，也以撰写类乎"见证"的，波兰诗人Z.赫伯特的"敲击棒"式的文字（赫伯特写有题为《敲击棒》[A Knocker]的诗："我的想象/是一块木板/我唯一的乐器/是木棍"），以面对实实在在的苦难和生命，来试图减缓、解除诗歌、艺术与现实之间的紧张冲突。

我第一次读契诃夫作品是1954年，那年开始上高中，从《文艺学习》读到他的《宝贝儿》，也从这个杂志的封面见到他那标准的大胡子、带夹鼻眼镜的画像。当时并不觉得

《宝贝儿》有多好，还认为他是个六七十岁的老头。后来才知道他死时只有44岁，这样的年龄，在我们这里还算是青年作家。原先以为只有艺术家会短命（莫扎特、舒伯特、梵高……），一直的疑问是，这样的成熟、睿智、节制、美丽的文字，怎么会出自三十余岁人的笔下。契诃夫无疑属于那种将真理、正义放置在首位的作家。但是，他的艺术实践也提出了这样的问题：在艺术、文本的内部，是否也可以取得一种歌唱和生命紧张关系的平衡？而纯粹的，并不传达救赎讯息的美本身，是否也是增加世界良善的"救赎"的力量？回答应该是肯定的。事实上，无论是契诃夫，还是希尼，都将艺术、歌唱与现实政治的冲突，看作是特定历史情境中的邂逅；契诃夫也明确将他的"赎罪"行为看作是个人的选择。他们无意将这些普遍化，无意将践行自己理念的行为扭曲为一种准则，而让其他人都处于"道德的阴影"之中。

目 录

新版序言 / 洪子诚　　i

1982 年版题记　　1

译者前记　　7

手　记　　11

题材·凝想·杂记·断片　　119

日　记　　137

补　遗　　155

附录一　契诃夫的临终　　283

附录二　契诃夫和他的作品中的题材　　285

附录三　契诃夫年谱　　297

我的三个朋友　　313

新旧译名对照表　　325

1982年版题记[*]

这本《契诃夫手记》是我过去的译品，1953年5月曾印过一版。转眼之间，到了1955年，我突然地离开了书籍、工作、友谊、家人等等，被送入我在青年时期曾经三度进出过的地方。岁月不居，几经辗转，一晃就是二十多年，当我重新生活在党的阳光下的时候，偶然从图书馆的"内部书"库内找到了这个译本，就像在街头碰到久已失散的亲人一样，我的眼睛里涌出了一个老年人的泪花。我望着译本里印的契诃夫像，想到很久以前读过的这个俄罗斯作家的一段话："一个人没有什么要求，他没有爱，也没有憎，这样的人是成不了一个作家的。"这句简单明白的话，曾被我当作金玉之言，它启发了我，又支持了我，使我从漫长而坎坷的人生道路走了过来，像一个人那样地活了过来，我是多么感激他啊！

---
[*] 本文收入浙江人民出版社1982年版卷首时，题为"新版题记"。

在1954年，就是这个译本出世的一年多以后，我曾为一家报纸写过一篇短文，谈了我对这本小书的学习心得，这是读书札记一类的东西。在这次修订这个译本的时候，我记起了它，从图书馆尘封的旧报纸堆中找到了它，自己反复看了几遍，觉得还有些意思，就提起笔把它重新抄录了出来：

亚历山大·库普林在他的回忆契诃夫的文章里谈到契诃夫的创作时说："他从哪里得到他的印象？他从哪里找到了他的警句和比喻？他根据什么铸造在俄罗斯文学中他那独一无二的精美的语言？他对任何人也不谈，他从来不提他的创作方法。据说他身后留得有许多手记本，也许将来总有一天会在那些手记本里找到解开这些疑团的钥匙。"

库普林所说的这些手记本，终于在契诃夫逝世后，由契诃夫的夫人克宜碧尔加以整理，在1914年出版了。这是研究契诃夫的一种财富。

被列夫·托尔斯泰称为"没人能比的艺术家"的契诃夫，首先是一个伟大而纯洁的人。他由于热爱和关心生活，对人生自觉的责任感，有把当时生活"翻过来"的要求和信心，所以他的敏感力是从他的高贵的社会责任心来的，这样他才写了他的手记，进而写了创作，而不是简单地为了创作而去写手记的。或者说，他写手记，是为了对生活认识得更深刻些，清楚些，抓住生活中的突出特征，整理自己的印象，表示自己的态度，正是这些要求，他才勤恳地写下手记。

因此，据库普林说，契诃夫劝告作家不要在创作上光靠手记过活，"要靠记忆和想象"，创作不是照抄生活，当然更不能照抄手记本了。在他的创作里，利用手记上的东西的时候，往往有很大的改变，这就是最好的说明。

契诃夫是一个始终生活在人民当中并自觉地为人民服务的人。他为自己的医生身份自豪。他送给高尔基的一只表上刻着"契诃夫医师赠"。他关心人，和各式各样的人来往，由于在生活中自然地熟悉了人，养成了他的深刻的观察力和概括力，所以一提笔就能简洁有力地深入到人的本质中去，不仅写出人的性格，而且活画出人的灵魂。他写自己的手记，进行得认真而严肃，并不是拿着一个小本子到处跑，不假思索地记一些浮面的东西，马上把它变成"创作成品"；或需要写什么了，才临时东奔西走地找个模特儿来，照抄到作品里去。我想，这是他在艺术上获得辉煌成就的原因。

他的手记，每条都很短，甚至只有一句话，是所谓"比麻雀鼻子还短的东西"，但正如高尔基所形容的，它们是些美丽的精致的花边，是经过深刻地提炼后的产物。

他的手记，只记生活中成为特征和突出的部分，衣服头发之类的细节，按照他自己的说法，则是在进入创作时自己生出来的。

契诃夫在手记里所记的东西，不仅是看到和听到的事物，还有他所感到和思考的东西。就是他所记的属于看到和听到的东西，也是经过他的感受和思考才记下来的。它们又都是一律从所谓生活的密林里提炼出来的。

在他的手记里，另外还有抄自书本里的东西。就是说，有读书杂抄之类的东西。契诃夫有渊博的学识。这说明一个作家不仅要熟悉生活，还要有广博的知识。契诃夫在这方面，也是一个模范。

手记所用的语言，一如他的创作中的语言，是日常的语言，简洁而朴实，富于诗意，如"天下雨了"之类，用得很自然，正像人在生活中所说的那样，他从来不按照修辞学的规律浮夸地去写什么。

契诃夫的手记，正如他的作品，色彩鲜明而简洁。他能用朴素的笔触一针见血地透入到事物的本质中去，无论是对话、记事、人物、情节、警句、题目，都是富有特征又具有高度概括力的东西。它们独立起来可以当社会杂文读。

契诃夫手记,作为杂文来看,它的精神特色,正是契诃夫全部创作的特色:愤怒中的自持和出于纯洁心灵的乐天的幽默。它的重要价值,正如高尔基所说:它们是对生活的鼓舞和热爱。他用人民的强大的道德力量,告发了庸俗和罪恶还在占着胜利的时代,同时也预祝了善和美胜利的时代。

契诃夫对伊凡·蒲宁说:"人得不怜恤自己地去劳动。"对于这个用自己的辛勤劳动忠实而正直地完成了自己人生责任的劳动诗人,对于这个要求人要"头脑清楚、心地纯洁、身体干净"的作家,我们是永远敬爱的!

我那个旧译本,主要是根据日本神西清的日译本转译的,它出版于1938年,是个订正本。另外也参照了S. S. Koteliansky和Leonard Woolf合译的出版于1922年的英译本。这次重印时,我原来依据的这两种文字的译本,早已不翼而飞,不知流落何处去了。临时借到S. S. Koteliansky和L. Woolf合译的英文本《契诃夫手记与高尔基的契诃夫回忆录》(*The Note-Book of Anton Tchekhov Together With Reminscences of Tchekhov by Maxim Gorky*, The Hogarth Press 1921),我又据此做了一次校改,有些条目并做了较大的改动;由于江礼旸同志热情的努力，又由他找到苏联国家文学出版社1961年刊行的《契诃夫全集》第十卷的印文，做了一次校对，并补译了一些注文。由原文校勘的结果表明，日译本较英译本译文严谨和忠实。在两种译文中，有些意义相反的译文，也借此得到了核实。

这本《契诃夫手记》，是契诃夫的文学创作备忘录，契诃夫夫人在1914年整理出版的印本，显然是经过严格选择的，它本身有其独特的存在意义和历史价值。此次重印时，我请江礼旸同志选译了收录在《契诃夫全集》本中不见于旧刊本的若干项有文学和社会意义的条目，作为《补遗》，印在书后。这样，这本契诃夫的文学备忘录，内容上就更为丰富，显得更完备了一些，使译本生色不少。为了使译文的风格和语言尽可能求得协调和一致，这部分译文由我做了一些必要的校订工作。

旧译本的两则《附录》——契诃夫妻子奥尔加·克宜碧亚·契诃娃写的《契诃夫的临终》和契诃夫的弟弟米哈伊尔·契诃夫写的《契诃夫和他的作品中的题材》二文，也仍然附在书后。我当时是根据英译本转译的，我的藏书早已荡然无存，一时又无处找到原书，只好做了一些必要的文字校改，当作纪念品留在这里。当时为译本写的《译者前记》，那里面也向读者交代了些东西，所以仍然保存下来，也算是敝帚自珍的意思吧。

贾植芳　1981年3月中旬在上海

译者前记

这本小书是契诃夫死后,由他的夫人、俄国优秀的演剧家奥尔加·克宜碧尔·契诃娃经手整理出版的。无疑地,这本小书的出版,为研究契诃夫的人们贡献了一种财富,因为它是契诃夫创作成熟期的作品的索引,我们从这里可以发现他的许多名作的影子来。另一方面,对于我们练习写作的人,这是一种可贵的帮助,——如何把生活的现实表现为艺术的真实,就是说,作家带着自己的目的意识性,如何认识生活,把握生活,描写生活的过程,从这里可以获得一些借鉴和参考。从这本小书中,我们可以看到契诃夫如何以他的庄严的人格力量和乐观主义,站在十九世纪八十年代的黑暗反动的俄罗斯现实中,坚信着人类美好的明天的形象,——作家的生活态度,和他的片言只语中所闪烁的、根植于崇高的道德心灵散发出来的作家的智慧的光芒,以及那深刻的人生批评和社会批评力量。

《手记》，这是契氏在他的严肃正直的生活中随手记下来的瞬间的感触，将来作品的腹稿，速写，也包括了他的读书心得，以及从别的作家的著作中所抄录的拔萃。《手记》的时间，是从1892年到1904年，也就是他从库页岛旅行回来的第三年，即写了名作《邻人》《六号病室》等那一年起，到《樱桃园》上演那一年，即他死的那一年为止的期间。这是他在创作上最成熟的时期。

另外，在契氏所遗的手稿中，发现了一包题为《题材·凝想·杂记·断片》的稿子，内容一如《手记》，年代也大致相同。

这些笔记式的东西，契氏看得很贵重，他把它当作特殊的笔记本，其中大部分写得都很工整；凡是已在作品中使用过的部分，他都亲手把它涂掉了，至于在作品中变化了样子而使用过的部分，则仍旧保留着。感谢编纂者的周详的努力，使我们今天有机会看到这个笔记的全貌，例如《三姐妹》的台词，从这里我们就可以看到契氏创作过程之一斑。

《日记》部分则是从1896年到1903年的东西，即是他写了《我的生活》，发表了《海鸥》那年起，到写了《新娘》《樱桃园》那年为止的期间。这里译出的部分只是一个抄本，但是内容和体式和前两部分酷似，联合起来加以研究，更可以较深入地看到契氏的生活和文学风貌。

译文所依据的主要是日本神西清氏的日译本（东京，创元社版，1938年刊），是个订正本。神西清氏是日本优秀的俄国文学研究者，也是俄国文学的翻译家，他对于屠格涅夫和契氏都有独到的研究著作。一般评价，他的译文还算严谨。另外，也参照了 S. S. Koteliansky 和 L. Woolf 合译的英译本，这两个译者合作所译的英文版俄国文学著作，在我们也不算陌生，但好像是一个人口述一个人执笔那样的合作者，译文和日译本比较起来，不仅在篇幅上少了一些，而且内容上也有些差别。一般地说，英译本不如日译本细致、完整，有的意义则恰巧相反，这两个英译者好像采用的是意译的办法。译者根据自己的理解，凡是两种译本有差异的地方，都反复斟酌，加以取舍，大体上是依据日译本译的。《日记》部分，为英译本所无，完全是根据日译本译的。注释方面，英译本较少，所以大部分是来自日译本，至于译者自己所加的注释，则都加以标明。

这本书俄文初版本的出版期间，是1914年，即十月革命以前的三年，契氏死后的十年。译者曾到国际书店去找过原文本，但不可得，所以现在只好暂以这个转译本为满足了。

关于两个附录，也是为了前述的目的——认识契氏的生活和创作过程，临时译出加进去的，一篇是契氏夫人的著作断片，一篇是契氏的弟弟米哈伊尔·契诃夫（Michael

P. Tchekhov）在革命后的1923年写的，米哈伊尔写过一本契诃夫事迹，是一本研究契氏的很好的著作。这两篇译文，是根据S. S. Koteliansky和Philip Tomlinson所辑译的英文版《契诃夫生活和书信》（*The Life and Letters of Anton Tchekhov*, Cassell & Co. Ltd., London 1928）一书译出的。这里面还有米哈伊尔写的另一篇《契诃夫与戏院》，因为怕篇幅太多，所以不加进去了。

这是一本难译的书。对于在翻译过程中为我解决疑难的朋友们，谨在这里致谢。译文中不妥当的地方，还希望读者和专家予以指正。

译者
1952年9月末在上海

手　记

1892—1904

人类把历史看成战斗的连续，为什么呢，因为直到今天，他们还以为争斗是人生的主要东西。

所罗门希求智慧，是一个绝大的错误。[1]

---

[1] 在契诃夫的遗稿中，留有他亲笔誊写的所罗门独白：

所罗门（独白）：唉，生活是多么黑暗啊！就连我在儿童时代所害怕的夜间的黑暗，也比不上现在这种使人弄不懂的生活那样黑暗得使我害怕。上帝啊！您赐给我父亲大卫的，只不过是把文字配上声音，配上琴弦，来歌唱您和赞美您，把悲怆之情唱得悦耳动听，引动人们的眼泪，或是赞赏美的才能；但您为什么要赐给我这种折磨自己的、难以安静的、饥渴的心灵啊？我像出生于污泥中的虫豸一般；我生活在黑暗当中，绝望和恐惧使我战栗；我看到和听到的每件事情，都是难以理解的神秘：为什么这是早晨？为什么太阳要从寺院背后升起，并把棕榈树染成金色？女人为什么这样美丽？那鸟儿要急急忙忙地飞到哪里去？那鸟儿和它的子女以及它们匆匆飞去的地方，如果也要像我一样要化作尘土的话，那么，那样的飞翔可是为什么？唉，我要是没有生下来，要是上帝没有给我生上眼睛和思想，像一块石头那样，那才好哩。我想使自己的身体在夜幕降临时疲劳下来，昨日，我像个普通的脚夫般地在寺院里搬了一整天的石头，然而现在已（转下页）

手记

世间普通的伪善者装作鸽子的样子,政界和文学界的伪善者装作鹰鹫的神气。但是,万不可在他们的鹰鹫神气面前惊慌失措。他们并不是鹰鹫,只不过是犬鼠之类罢了。

比我们[1]愚笨和被蔑视的是所谓老百姓,行政当局的划分是纳税的和免税的两类。可是任何分类法都不妥当,因为我们都是人民,我们所做的最好的工作,就是人民的事业。

只要摩纳哥王(Prince of Monaco)[2]有着赌盘,那么劳役犯理所当然地可以玩玩纸牌了。

伊凡[3]虽然能够谈一套恋爱哲学,但不会恋爱。

阿辽沙:"妈,疾病把我的头脑弄昏了,现在我好像回到孩提时代:一会求神保佑,一会儿哭泣,一会儿高

(接上页)经到了夜间,我还是不能入眠。……再去睡下来看罢。福赛斯对我说过:要是心里老是想着飞跑的羊群,一股劲儿地想下去,不久就会意识朦胧地睡着的。我来试一下吧。……(退场)——日、英译者
所罗门(希伯来文 Shĕlōmōh):公元前十世纪以色列王国国王,大卫王的儿子。在位时是以色列王国最强盛时期。《圣经·撒母耳记》称,所罗门智慧过人。《圣经》中的《箴言》、《雅歌》相传是他所作。——中译者

1 契诃夫在这里所说的"我们",当指当时的俄国知识分子而言。——中译者
2 摩纳哥:法国东南海岸的一个公国。世界有名的赌城蒙特卡罗就在这里。——同上
3 伊凡:泛指俄国普通人,以至有"俄国伊凡"之说;契诃夫之兄即名伊凡。——同上

兴……"

哈姆雷特（Hamlet）[1]为什么要为他所梦见的死人的鬼魂而奔忙？闯入生活本身的鬼魂不是更可怕吗？

女儿："毡子的长统靴可不合适。"
父亲："不错，很不像样，边上不缝是不行的。"
父亲因为害病，不能叫他到西伯利亚去了。
女儿："爸爸，您一点也没有病。哪，您瞧，您不是整齐地穿着外套和长统靴吗……"
父亲："我真想上西伯利亚去。在那儿，手里拿着钓竿，坐在叶尼塞河或者鄂毕河岸上，渡船上乘着犯人和移民……我看到这里的东西，就会厌烦：那窗外的紫丁香花，铺着砂子的小路……"

卧室。月光从窗口射了进来，甚至可以看到睡衣上的小纽扣。

善良的人，甚至在狗的面前也会感到害羞。

某四等官眺望着美丽的景色说："这是何等绝妙的自然

---

[1] 英国剧作家莎士比亚著名悲剧《哈姆雷特》的主人公。——中译者

的排泄作用啊！"

摘录自老狗所写的手记："人都不吃女厨子弃掉的汤水和骨头。笨蛋啊！"

他的头脑里除了武备中学生活的那些回忆以外，什么也没有。

法国谚语：Laid comme un chenille[1]。像一只毛虫一般的丑恶。（像犯死罪一般的丑恶。）

男子的抱独身主义，女人的成为老处女，是因为彼此对于对方不感到任何兴趣，甚至是肉体的兴趣。

已经长大了的孩子们，在饭桌上谈论宗教，对于禁食和僧侣大加嘲笑。年老的母亲，起先是怒不可遏。到后来，看来她已经听惯了，只是嘻嘻地微笑着；到末了，她竟突然对他们说，他们说服了她，她和他们已经意见一致了。孩子们反倒感到尴尬：他们很难想象，他们没有了宗教信仰的母亲，以后会做出什么事来。

---

[1] 原文中有 un。——日译者

没有所谓国家的科学，正像没有什么国家九九表一样，如果是国家的了，那就已经不是科学了。

小猎狗在街上走着，为自己的罗圈腿感到害羞。

男人和女人区别：女人愈是上了年纪，愈是热衷于女人的事务；男人愈是上了年纪，愈是从女人的事务退却。

这种突如其来的、不合时宜地发生的恋爱，完全和下边的情形一样——
你带着孩子们去某处散步；散步，原来是又愉快又热闹的，这时，忽然有一个孩子把画油画的油彩吃了一肚子。

某个登场人物只要见到人，就说："那个嘛，是你肚子里有了蛔虫！"于是他替自己女儿医治蛔虫，女儿变得面黄肌瘦了。

一个低能而又愚笨的学者，一直工作了二十四年，毫无成就，只是替世上造就了一批和他自己同样见识狭小而又低能的学者。他每天晚上悄悄地装订书籍，这才是他真正的本职，在这方面他是个行家，并从中感到快乐。有个喜欢学问的装订匠来看他，这人每夜悄悄地研究学问。

高加索公爵穿着白色清凉饮料，坐着敞篷的小品文栏去了。[1]

说不定，也许这个宇宙是处在某种怪物的牙齿中间[2]。

"靠右边走！你这个黄眼鬼[3]！"

"想吃吗？"
"不，正好相反[4]。"

臂短颈长的怀孕女人，完全像一只袋鼠。

尊敬人是多么快乐呀！当我读书的时候，我并不关心作者有过怎样的恋爱或是不是爱玩纸牌等等，我看到的只是他的值得称赞的工作。

所谓如果恋爱就一定要选择纯洁的对象，完全是自私自

---

1 利用俄文中变音相似的词所做的文字游戏。把"Бешмет"（鞑靼语：Bismet，棉袄）改为"Щербет"（土耳其语：Serbet，一种清凉饮料，果汁）；把"Фаэтон"（四轮马车）改为"Фельетон"。（法语：feuilleton，小品文栏）。——俄文版编者
2 是"衔在齿间"的误说。——日译者
3 这是对于冬季到彼得堡做短工的农民车夫的蔑称。——同上
4 是"想吐"的意思。——同上

利。向女性要求自己所没有的东西，这便不是求爱而是崇拜了。因为一个人应该爱和他相等的人。

所谓如儿童般的纯真的生活快乐，只能是动物的快乐。

我受不了小孩的哭声，却听不见自己孩子的哭声。

一个中学生请一位太太上饭馆吃饭。他腰包里只有一卢布二十戈比，开来的账单是四卢布三十戈比。他因为没有钱而哭了起来。饭馆老板侧起耳朵听过：他和太太谈论的是阿比西尼亚。

有一个人，从外貌上判断，他除去加卷心菜的腊肠之外，什么都不喜爱。

我们以人们的目的来判断人的活动，目的伟大，活动才可以说是伟大的。

坐着马车在涅夫斯基大街[1]走的时候，请你先眺望一下左边的干草广场：云色如烟，落日如球，其色赤紫，这是但丁的地狱啊！

---

[1] 这是位于彼得堡中央的大街名。——日译者

他每年收入有二万五千到五万卢布，但还是因为穷，想用手枪自杀。

穷透顶了，无路可走。母亲是个寡妇，女儿长得又很丑。后来母亲硬着心肠，怂恿女儿到马路上去。她在年轻的时候，为了获得衣裳钱，曾瞒着丈夫，到街上去过，因此，她有若干经验。她教导了她的女儿。女儿跑到街上，游荡了整夜，没有碰到一个买主，因为她长得难看。过了两天，三个过路的无赖汉照顾了她。她仔细检视带回来的钞票，却是早已过了期的彩票。

两个老婆：一个住在彼得堡，一个住在刻赤[1]。整年不断地争吵、恐吓、打电报。弄得他几乎想自杀。最后他才想出一个法子：把她们两个人搬在一块儿住。她们困惑了，似乎变成化石，沉默了，变得安静了。

一个剧中人物：他是一个极幼稚的人，简直令人难以置信他曾经上过大学。

我做了这样的梦：认为是现实的其实是梦，正像梦就是现实一样。

---
[1] 克里米亚半岛港市，在俄国遥远的南方。——中译者

我注意到了：人们讨了老婆以后，就再没有好奇心了。

要感到幸福，大体上需要和开钟发条相等的时间。

车站旁边的龌龊的小饭馆。在这一类小馆子里，一定有加洋姜的腌白鲟鱼。在俄罗斯，那得腌多少白鲟鱼啊！

Z在星期日到斯哈利夫广场[1]去逛书摊。他看到一本他父亲的著作，上面写着这样的题词："给宝贝儿娜佳，作者赠。"

某官吏，他把省长夫人的像片挂在胸前。他用胡桃喂肥一只火鸡，当作送给她的礼物。

头脑必须清楚，心地必须纯洁，肉体必须干净。

据说某太太经营了一个养猫场，她的情人在那里折磨猫，踩猫的尾巴。

某军官惯于和他的太太一块儿到澡堂去。他们两人都是由一个跟班来替他们搓澡。这很明白：他们并没有把他当人看待。

---

1 莫斯科的一个广场名，每星期日有市集，现名高加索广场。——中译者

"那时候他神气活现地带着勋章出现了。"

"他到底有什么勋章呢?"

"是1897年有功于人口调查的青铜勋章。"

某官吏把他的儿子打了一顿,因为他儿子在学校里的所有功课都得了五分,他认为这是坏成绩。后来他听到人家告诉他说,五分是顶好的成绩,是他弄错了;他又把儿子打了一顿,这次因为他生了自己的气。

有一个颇为善良的人,他的外貌很容易引起侦探注意;大家都认为偷衬衫上的领扣的就是他。

一个严肃的、矮胖得像只口袋的医生,爱上了一个跳舞跳得很出色的姑娘。为了讨她的喜欢,他开始学习马祖卡[1]舞曲。

在雌麻雀听来,雄麻雀的叫声,并不是喊喊喳喳的乱噪,而是很出色的歌唱。

---

[1] Mazurka:波兰舞曲的名称,音乐为四分之三拍或八分之四拍,比华尔兹缓慢,舞时富于变化,大音乐家肖邦曾有以此为名的乐曲,充分表现出波兰的情调。——中译者

安然坐在家中过日子，看起来人生并没有什么异样似的；可是一走到街上，用眼睛去观察，例如看到女人们，那就会觉得人生实在是可怕的。巴特里阿尔谢·普鲁都[1]一带看起来虽然平静无事，但实际上那里的生活就是一座地狱。

这些脸色通红的妇人和老太太们，康健得几乎会冒出热气来。

领地眼看着要拍卖了，实在是穷极了，只是仆役们仍然穿着丑角一样的服装。

神经病和神经病患者的数目并没有增加，增加的是对神经病睁大眼睛的医生。

越是有教养，就越是不幸。

人生和哲学是背道而驰的：没有懒惰就没有幸福，只有废物才会得到满足。

家里的人让祖父吃鱼，若是祖父吃了没有中毒，生命依然没有问题的话，那么全家人方才去吃鱼。

---
1 莫斯科的街道和公园的名称，意为"大主教池"。——日译者

通讯。某青年梦想献身文学，每年都把他的这一希望写信告诉他父亲。最后他终于摆脱了差事，跑到彼得堡专心从事文学——他成了一个书报检查官。

头等卧车。第六、七、八、九号旅客，谈话的题材是儿媳妇：老百姓当中，通常是吃婆婆的苦，而我们知识分子却受儿媳妇的气。

"我大儿子的媳妇，是很有教养的，她替星期学校和图书馆帮忙，不过非常任性，脾气暴躁，反复无常，使人看到她就觉得厌烦。在吃饭和干其他什么事情的时候，她会为报上一篇什么文章，歇斯底里大发作，真是一个自以为了不起的女人啊！"

还有一个儿媳妇。——"在场面上倒是很过得去的，可是在家里很不像话，既会抽烟，又很小气，在嚼着方糖喝茶的时候[1]，她老是把糖衔在嘴唇和牙齿之间说东道西。"

Мещанкина.[2]

罗曼明明是个农民出身的禀性淫荡的仆役，却自以为监

---

1 这是俄国人普通的习惯。——日译者
2 含有"商人的女儿"、"女小市民"意义的女性的姓字。源出俄语 Мещанка。——同上

视女仆的道德上的行为就是他的职责所在。

又高大又肥胖的小饭馆的女招待——猪和白鲟鱼之间的混血儿。

在马拉亚·勃朗挪亚[1]。——有一个从未到过乡间的小姑娘,她想象着乡间,痴心地说着乡间,她想象着林阴路和树梢上的鸟儿,谈论着寒鸦、乌鸦和马驹。

两个装上医疗用的护身甲的青年军官。

某上尉把筑城术[2]教给他的女儿。

文学上出现新动态之后,跟着必然会产生生活上的新动态[3]。这就是为什么它被头脑僵化的人如此反对的原因了。

患了神经衰弱的法律家,回到了偏僻的乡间家里,朗诵着法国戏剧中的独白。——朗诵使他变成一个昏昏沉沉的笨人。

---

1 莫斯科街名。——中译者
2 系工兵作业。——同上
3 系预言者。——日译者
  先驱者。——英译者

人们都喜欢谈论自己的疾病，但生病明明是他们生活中最乏味的事情。

那个胸前老挂着省长夫人玉照的官员，放债取利，暗中颇发了财。那玉照被挂过十四年的前任省长夫人，现在成了一个穷愁多病的寡妇，住在城外，她的儿子出了事故，需要四千卢布。她去找这位官员，这位官员不耐烦地听完了前省长夫人的话，说："很抱歉，我实在无能为力，夫人。"

不和男人交际的女人渐渐变得憔悴；不和女人交际的男人，渐渐变得迟钝。

一个害病的小旅馆老板要求医生说："你要是听到我生病了，那么不要等去请就来吧。我的妹子吝啬成性，无论怎样也不会去请你的。你出诊一次要三卢布哩。"一两个月以后，医生听说老板病势沉重了，他正收拾着要去看他的当儿，接到老板妹子的来信，说："家兄业已亡故。"过了五天，这位医生凑巧到那个村里去，才知道老板正是这天早晨死的，他不胜愤慨地跑到那个小旅馆去。老板妹子穿着黑色的丧服，正站在屋角里念赞美诗。医生开口责骂她的吝啬残忍，她一边念着赞美词，一边插上两三句回骂："你这种人我见得多了……是魔鬼把你们打发来的！"她是个非常虔敬的旧教徒，怒不可遏，破口大骂。

新上任的省长向他的下属举行了一次演说。把商人传来又演说了一通。在女子中学年度授奖会上，他发表了一篇关于《开化之真谛》的演说。对新闻界代表也演说了一通。他把犹太人传来："犹太人，我把你们请来……"一两个月过去了，他没有办一点事。于是，又把商人传来，演说了一通；又把犹太人传来："犹太人，我把你们请来……"大家都给他弄得烦透了。末后他对上面的大臣说："不行，这个差事太重了，还是让我辞了职吧。"

一个乡下的神学校学生，正在用心学拉丁文。他每过半小时就跑到使女的房间里去，闭着眼睛，去摸她们，搔她们，她们尖声叫着，哧哧地笑着，这以后他才又去读书。他把这叫做"精神振作法"。

省长夫人请一位官员跟她一起喝了杯巧克力茶。这位尖嗓子的男子是她的崇拜者（胸前挂着她的玉照）。从此，他在一个星期里都觉得自己是无上幸福的。他手头有点小积蓄，不要利钱地借给人家。"我不能借给您，您的女婿会拿去打牌输了的，不行，我可不能借给您。"他所说的女婿就是那次围着皮围脖坐在戏院包厢里的省长女儿的丈夫，他打牌输了，挪用了公款。这位官员，向来是用鲱鱼和伏特加酒的，从来没有喝过巧克力茶，所以喝了以后，觉着恶心。省长夫人脸上的表情是这样的："我是不是很可爱？"这位夫人在衣饰上花了很多钱，因此，为了找机会炫耀她的衣饰，时常焦急地盼望举行晚会。

带着太太到巴黎去，等于带着茶炊上图拉[1]。

青年人不到文学界来，是因为其中最优秀的分子现在都到铁路上、工厂里，或者产业机关工作去了。青年完全投身于工业界去了。因此，现在的工业有着异常显著的进步呢。

在妇女染有庸俗化习气的家庭里，最容易培养出骗子、恶棍和不务正业的东西来。

教授的见解：重要的不是莎士比亚，而是对于莎士比亚所加的注释。

让将来的一代得到幸福吧！不过他们一定得问问自己：他们的父辈和祖辈为了什么活着？为了什么受苦？

---

[1] 图拉系俄国都市，以出产茶炊等金属手工艺品而驰名。——中译者

不论是爱情、友情，或尊敬之心，都不能像对某种事物的共同的仇恨那样，容易把人们团结在一起。

12月13日。见到了一个工厂的主人，她已经是一个家庭主妇，虽然是个富裕的俄国妇女，但据说从来没有在俄国看到过一丛紫丁香花。[1]

来信的一节："在外国的俄国人，如果不是一个奸细，就一定是个昏虫。"邻居男子为了平复爱情的创伤去弗罗伦斯了，但是越是到远方去，他的恋情就越是变得强烈。

雅尔达[2]。一个容易招引人的青年被一个四十岁的女人喜欢上了，他一直冷淡她，躲避她。她痛苦的结果，出于怨恨，拼命给他抹黑，来平息自己的气愤。

彼特鲁沙的母亲，已经到了做祖母的年纪了，还要涂黑眼圈。

邪恶——这是人生来就背着的包袱。

1　这是1897年12月13日的事。——俄文版编者
2　克里米亚半岛的避暑胜地。——中译者

勃勃雷金[1]很正经地说自己是俄国的莫泊桑[2]。斯鲁契夫斯基[3]也这样说。

犹太人的姓——Чепчик[4]。

那位太太，看去像一条倒立着的鱼，嘴像一个裂缝，使人真想塞一个戈比进去。

住在外国的俄国人——男子热爱着俄国；女人一出国马上就把它忘掉了：她从来不爱它。

药剂师 Проптер[5]。

Розалия Осиповна Аромат.[6]

求人帮助的时候，求穷人比求富人容易。

1　П. Д. Боборыкин（1836—1921）：俄国作家。——俄文版编者
2　Guy de Maupassant（1850—1893）：法国短篇小说家。——中译者
3　К. К. Случевский（1837—1904）：俄国诗人兼小说家。——俄文版编者
4　意为"小头巾"、"小帽子"。——中译者
5　意为"揉过眼睛"。——日译者
　　"穿过翅膀"。——中译者
6　是"开花的小蔷薇"和"芳香"两种意思合起来的女人名字。——日译者

她终于操起皮肉生涯来了,现在她以睡在床上为业。她的孤苦的婶娘,在床旁边铺了一块小毡子躺着。嫖客按门铃的时候,就跳起身来;客人走时,她面带愁容,忸怩地说:

"请赏给娘姨几个小钱。"

有时他们给婶娘十五个戈比。

蒙特卡罗的娼妇,她们的情调是地道的卖淫式的;使人感到棕榈也像娼妇,肥壮的母鸡也像娼妇……

一堆废料。在彼得堡产婆传习所毕业取得助产士资格的H是个有理想的姑娘,她爱上了教师X。她以为他是个有理想的人物,是她非常喜爱读的长、短篇小说里的那种热心公益的工作者。后来,她渐渐看出了他是一个酒鬼,混蛋。被学校免职以后,他就靠妻子过活,坐着吃她。他简直是一个肉瘤似的多余的东西,尽情地吮吸她。有一次,她到一家有学问的地主家里看病,每日都去,人家不好意思给她钱,送了她丈夫一套衣服。这使她生气极了。她一看到老在喝着茶的丈夫,就发脾气。和这样的丈夫共同生活,她渐渐消瘦了,也失去了风度,变成了一个脾气很坏的女人。她蹬着脚大声咒骂丈夫:"离开我,你这下流坯子!"她对他恨极了。她工作,他接受谢礼。因为她是公家的医务人员,是不能接受谢礼的。更使她恼火的是:相识的人并不明白这一层,依然以为他是个有理想的人物哩。

有一个年轻人，积蓄了一百万马克，他躺在钱堆上，开枪自杀了。

"那个女人"……"我从二十岁上结婚以来，生平从未喝过一杯伏特加，抽过一支烟卷儿。"这样的他，和另一个女人姘居以后，人们反而更加喜欢他，和更加信任他了。当他走在街上，大家对他比从前还要和善和亲热，这使他惊醒了：这是因为他堕落了。

男女结婚，是因为彼此没有了别的办法。

民族的力量和生路放在它的知识分子身上，放在那些肯忠实地思想、感受而且善于工作的知识分子身上。

没有口髭的男子，正像有口髭的女人。

不能用温情征服对方的人，用殴打也征服不了对方。

有一个聪明的人，就有一千个糊涂虫，有一句至理名言，就有一千句蠢话；这个千数压倒了一数，就是都市和农村进步迟缓的原因。大多数，也就是说群众，常常是愚笨的，常常是占多数的。聪明的人应该先抛掉自己那种想把群众教育提高到与自己同样水平的梦想，还不如用物质的力量帮助他们倒好些，建设铁路、电报、电话。这样，他才会取得胜利，才能把生活向前推进啊。

真正正派的人，只有在抱着保守主义或激进主义的明确信念的人们中间方才能够找到。至于所谓稳健派，他们爱的是奖金、年俸、勋章和升官。

"你的叔父为什么死的？"
"医生的药方上要他用十五滴波特金氏泻药[1]，但他用了十六滴。"

年轻的语言学家刚从大学毕业，就回到故乡的小镇上来了。于是，被选为教会的理事。他虽然并不信仰上帝，却也按规矩办事，每次经过大小教堂就划十字，以为做这一类事情对人民是必要的，要拯救俄罗斯，就要依靠这些。不久，他被选为府议会的主席，又被选为名誉治安裁判官，得到了勋章，和一大堆奖状。这样不知不觉地到了四十五岁的时候，他忽然觉得他到现在为止所做的都是装腔作势，恰如在扮演一个丑角。但是，

---
1 是一种极温和的慢性泻药。——中译者

要改变生活已经太晚了。有一夜在睡梦中,他突然听到枪响一般的声音:"你在干些什么?"他出了一身大汗,跳了起来。

人不能抵抗恶,但能够抵抗善。

他像一个教士[1]似的向权门献媚。

死人并没有耻辱,然而会散发出很厉害的恶臭。

肮脏的台布代替了床单。

犹太人Перчик[2]。

在俗人的谈话当中有这样的语言:"以及其他等等。"

一般富翁虽然习惯于妄自尊大,但简直像肩负着罪恶似的背着他的财富。如果贵妇人和将军们所主办的慈善事业不来求他捐款,也没有穷学生和乞丐的话,他一定会感到忧郁和孤独的吧。如果乞丐都罢工了,不再向他要求一切施舍了,他无疑会亲自去求他们的。

---

[1] 这里原文所用的字是对教士的蔑称。——日译者
[2] 意为很小的胡椒,人名。——同上

丈夫把朋友们请到他的克里米亚的别墅去；过后，妻子瞒着丈夫，给客人开出账单，收了房钱和饭钱。

波达巴夫和一个做哥哥的要好起来，那是为了和那个人的妹子谈恋爱。他和妻子离了婚。不久之后，他的儿子送给他一张兔子窝的设计图。

"我在自己的家园里种了些蚕豆和燕麦。"
"你这就不对了，种苜蓿多么好啊。"
"因为我已经开始养猪了。"
"这多么没意思，划算不来，养匹小马多好。"

一个很重友谊的女郎，在非常善良的动机下，为一个并不困难的好友X到处募捐。

为什么常常要描写君士坦丁堡的狗呢？[1]

疾病：他得了水疗法[2]。

---

1 君士坦丁堡以野狗很多而出名。——日译者
2 原来是狂犬病（Гидрофобия），被改成水疗法（Гидротерапия）。——俄文版编者

手　记　　　　　　　　　　　　　　　　　　　　35

我到一个朋友家里去，恰巧他正在吃晚饭，有好些客人，非常热闹。我跟四周的女人们说些闲话，喝着葡萄酒，感到很愉快。心情非常舒适。突然，N站起来，面色庄重得像个检察官似的，他为我举杯致敬："言语的魔术家啊！……理想……在我们这个理想变得黯然无光的时代……你播种了智慧，不朽的事业啊……"到这时为止，我觉得我本来是盖着什么东西的，现在却被揭去了，被人用手枪瞄准着。演讲完毕，碰过杯子，沉默了下来。全座哑然若失。"那么，该轮到你说几句了。"邻座的女人说。但是我说什么才好呢？我很想把酒瓶扔到那个演说的人的身上去。可是，我胸中好像长着一个疙瘩似的上了床："瞧吧，瞧吧，诸位，在这个席面上坐着一个怎样的傻瓜哪！"

女用人每次铺床的时候，总是把拖鞋丢进床下靠墙的地方去。肥胖的主人终于生了气，想要撵走女用人。结果才明白了：为了治愈主人的肥胖病，医生吩咐她把拖鞋尽可能地丢进床底深处去。

某俱乐部，只因为全体会员心绪欠佳，致使一个很体面的人落了选，这样，他的前途就完了。

一个大工厂。年轻的厂长颐指气使地命令一切，对有学士头衔的雇员也出言不逊。只有一个德国籍的园丁敢顶撞他:"不准你这样,钱袋子!"

一个名叫 Трахтенбауэр 的,看来像小豌豆大的小学生。

有人每次在报上看到大人物的死讯就穿上丧服。

在戏院里。有一个绅士因为坐在前面的太太戴着的帽子妨碍了他,请她把帽子脱下来。他说怪话,发脾气,恳求。最后他暴露出自己的身份来:"太太,我就是这个戏的作者。"她的回答是:"我管不着。"(作者是瞒着人偷偷地到戏院里来的。)

要做聪明的事情,专靠聪明是不够的。(Ф.陀思妥耶夫斯基语。)

А 和 Б 打赌。А 在这场赌博中吃光了十二盘炸牛排,赢了;Б 不仅没有付赌账,甚至连牛排钱也没有付。

同一个口吃而又好说蠢话的人同桌吃饭,那是可怕的。

看到一个滚圆的、引起食欲的妇人:"这不是一个女人,是一个圆圆的月亮。"

我总是想（从她脸相上看来），她是个胸衣下面长着鳃的女人。

笑剧的材料：Капитон Иваныч Чирий[1]。

一个所得税检查员和一个国内货物税管理员，并没有人询问他们，却自己说明自己的地位："这是个有趣儿的差事，要做的工作多得不得了，所以是一种真正的职业呀！"

她在二十岁时爱上了Z，但在二十四岁时嫁给了N，她并不爱他，而是带着一种远见结了婚的，因为她以为N毕竟是个善良、聪明、有见地的人。N夫妇生活美满，被人羡慕不已，事实上他们的生活过得很平稳。她满足了，每次谈到恋爱时，她就说出这种意见：夫妇生活中用不着爱情，也用不着狂热，要的是亲切。但是，不料音乐的拍子振动了她的心弦，她脑子里涌起了许多事情，宛如春冰在一时中化了开来，她想起了Z，想起了自己对他的爱情，于是，她绝望地感到：自己这辈子算完了，给糟蹋了，自己真是个不幸的人。不久，她又把这些忘掉了。一年以后，她又同样发作了

---

[1] 意为"疮疤"，这里当人名用。——日译者

一次；新年的时候，当人家向她说"祝你有新的幸福"的时候，她真的渴望着新的幸福了。

Z去看医生，医生诊察他，说他心脏衰弱，Z急忙改变了他的生活方式，他用强心剂，老是谈生病的话；这样，全镇的人都知道他心脏衰弱。他所找的医生也都说他的心脏衰弱。他不结婚，不上戏院，不再喝酒，不敢大声喘气并慢慢地走路。十一年过去了，他去莫斯科，请大学里的教授诊断，教授说他心脏非常健全。Z喜极了，但是他过惯了早睡、慢步的生活，现在就很难恢复到正常的生活了；何况不谈生病的话，就觉得异常无聊。他除去怨恨那些医生以外，没有别的办法。

女人着迷的并不是艺术，而是围绕在艺术四周的那些人所发出来的喧嚣声音。

剧评家N是女演员X的情人。在她登台献艺之日，虽然剧本蹩脚，演技拙劣，但是N也不得不捧捧她。他简略地写道："无论剧本和主角的女演员都有很大的成功，详细情形，请待明日。"他写完了最后两句话，"唉"地叹了口气。第二日他去X那儿，她开了门，允许他亲嘴、拥抱以后，现出很不好的气色对他说："详细情形，请待明日。"

Z在基司罗伏斯克或是别的温泉场所，和一个二十二岁的姑娘睡了一夜，她是个贫穷而老实的姑娘，他怜恤她，除了规定的住夜金以外，又在抽屉里放下二十五个卢布，于是带着做过好事以后的心情走出了这个家。这以后，他第二次去的时候，却发觉用他那二十五个卢布所买的讲究的烟灰缸和一顶男人的皮帽，而那姑娘仍然饿着肚子，瘪着面颊。

N把土地抵押在贵族银行里，借到四厘利息的贷款，他把这笔钱以一分二厘的利息，同样用抵押土地的办法借给别人。

贵族吗？同样有丑恶的身躯，不干净的肉体，痰涕、脱掉牙齿的老年，可怕的死亡——和街头女子所有的没有什么两样。

N在照纪念像的时候，一定要挺着胸脯站在最前面，在祝辞上第一个签名，在纪念会上第一个演说；老是不断地惊奇："哦，这个汤！哦，这个油炸点心！"

Z苦于来访的客人太多，于是花钱雇了一个法国女人，叫她住在家里，好像是他的情妇，这使太太们震惊了——从此谁也不上门来了。

Z替殡仪馆打火把,是个理想主义者。(《在殡仪馆里》)

N和Z虽然是性情温顺的一对知心朋友,但是一块儿出现在社交场合的时候,马上就会互相挖苦——这是为了避嫌。

有人诉苦:"因为我的儿子斯捷潘身体文弱,所以特意送他到克里米亚的学校念书,可是在那里,人家用葡萄藤打他,这使他的尾椎骨一带长了葡萄虫,现在连医生都束手无策了。"

米佳和卡佳听说他们的父亲在采石场里爆炸岩石,于是他们打算炸死他们那个好发脾气的祖父。他们从父亲的房间里弄出一磅火药,把它装满一只瓶子,插上一个烛芯,打算在午饭后祖父打盹的时候,放在他的坐椅下面,可巧军乐队吹吹打打地过来了,这才阻止了这个计划的实行。

睡眠是一种玄妙的、不可思议的大自然奥秘,它能使人的身心同时为之一新。(波尔菲里·乌斯宾斯基主教:《记我的生平》)

有一个太太,自认为她的体质与众不同,因此生的病也与众不同，不是普通的药物可以医治的；又自认为她的儿子也同别人的儿子两样，必须用特别的方法抚养才能成长。她并不否认世上的一般原则，但是她认为那是适用于一般人的，她自己是个例外，因为她是在例外的环境下长大的。儿子长大成人了，她要给他娶一个特别的媳妇。她周围的人都吃苦了：儿子早成了流氓。

可怜的、多灾多难的艺术啊！

"太太，你瞧，掮着天使来了[1]！"

一个疯人认为自己是个鬼魂，一到深夜就到处走动。

一个拉夫罗夫[2]型的伤感的人，在他情绪甜美的时候，这样要求："给我那个在布良斯克的婶娘写封信，她是个非常可爱的人儿……"

仓库里有一股讨厌的怪味儿：自从十年之前割草人睡过以后，就有了这种怪味了。

---

1 指教会的旗帜，旗上有天使的像，这说的是俏皮话。又据俄文版编者注，"掮着天使"，是教会圣诗的头一句。——中译者
2 В. М. Лавров（1852—1912）：《俄国思潮》杂志的编辑出版者。——俄文版编者

一个军官来看病。诊疗费是放在盘子里的。医生从镜子里看得很清楚：这个病人在盘子里拿了二十五个卢布，再把它放进去。

俄罗斯是个官国。

Z专说陈词滥调："像小熊那么敏捷。"还有："踩了人家的痛处。"……

储蓄银行。那里有位职员是个很好的人，可是看不起这个储蓄银行，认为它没什么用处——然而他还是在那里工作。

有一个思想进步的妇人，半夜里划着十字，暗地里又有许多偏见，是个迷信大家。她听说要得到幸福，就得在半夜里煮只黑猫，于是她偷了一只黑猫，预备在晚上煮。

出版家创业二十五周年庆祝会。痛哭流涕的演说："我捐十个卢布作为文艺基金，拿它的利钱发给贫苦作家，但为了起草发放规则，我要指定一个特别委员会。"

他弄到一件俄国衬衣，就看不起穿大礼服的人了。这种国粹主义，正和用俄国的甜食来酿甜酒一样。

这冰淇淋，简直像用病人洗过澡的牛奶制造的。

这是个整齐的可作建筑材料用的森林。政府派来了一个林务官——这样，两年以后，木料不见了：生长了有害的毛毛虫。

X说："喝了克瓦斯[1]，肚子里闹得好像得了霍乱。"

有的作家的作品，每部分开来看，虽然是有光彩的，但从总体来看，就模模糊糊了；有的作家的作品，每部分开来看，虽然没有什么特别出色之处，但从总体来看，则是独特的和光彩夺人的。

N按一个女演员的门铃。他惶惑不安，心里咚咚地直跳，终于惊惶地跑开了。女仆开了门，看看没有人。他重又回来按门铃——但仍然没有决心进去。结果，看门的人跑出来把他打了一顿。

---

[1] Квас：俄国人常饮的一种酸饮料，用黑面包发酵做成，味酸甜，状似啤酒。——中译者

一个性情温和安静的女教师，暗地里打学生，因为她相信体罚的效验。

N说："不仅狗会吠叫，连马也会。"

N娶亲了。他的母亲和妹妹发现他妻子愚昧无知，还有很多缺点，很不满意这桩亲事。一直过了三五年，这才明白她原来和她们自己一样。

妻子抽抽噎噎地哭了，她的丈夫摇摇她的肩膀，她就不哭了。

他一结过婚，无论是政治、文学、社会，这一切对于他都没有以前那样有兴趣了；反之，关于他的老婆和小孩的各种琐碎小事，却变成了他的头等大事了。

"你的歌唱为什么这样短？"有一次人家这样地问一只小鸟，"也许是因为你的气接不上来？"
"我的歌真是太多了，我想把它都唱一唱。"

——A. 都德[1]

---

[1] Alphonse Daudet（1840—1897）：法国自然主义小说家。——中译者

一只狗恨一个教员，人家吩咐它不准向他吠叫，它瞪着教员，并不吠叫，却委屈地哭起来了。

信仰是精神上的能力；动物是没有信仰的，野蛮人和没有开化的人有的只是恐怖和疑惑。只有高度发达的生物才能有信仰。

死是可怕的，但是你若有长生不老和决计不死的意识，那才更可怕！

群众真正爱好的艺术，是平凡的、他们早就熟知的，和已经习惯的东西。

一个进步的、受过教育而年龄也很轻的人，却又是学校里的一个吝啬的负责人，他每天到学校里来高谈阔论，但是不肯为学校拿出一个戈比，学校眼看着要关门了，但是他还是自认为自己是个少不了的有用的人物；教师恨他，他却并不觉得。事情变得越来越严重！有一天，教师实在忍无可忍，眼睛里燃烧着愤怒和厌恶，对着他的脸，尽情地把他臭骂了一顿。

教员说："普希金的百年纪念没有举行的必要，他对教会毫无贡献。"

Гитарова 小姐。[1]

要成为一个乐观主义者,而且能够了解人生,就得不要相信别人说的或写的东西,而要亲自去观察、体会。

某夫妇一生热心奉行X的学说,公式似的把它当作准则来建造自己的生活。直到临死的时候,他们才反躬自问道:"或许这个学说是错误的吧?所谓Mens Sana in Corpore Sano[2]之说,或许是谎话吧?"

我讨厌的人是:快活的犹太人,急进论者的хохол[3],酩酊大醉的德国人。

大学培养各种人才,但也包括蠢才。

请考虑一下,好心的先生(Милтисдарь),作为这种看法的结果,好心的先生(Милтисдарь)[4]……

---

1 女演员。——日、英译者
2 拉丁语:身健则心自明。——日译者
3 俄国十月革命前,大俄罗斯主义者对乌克兰人的蔑称。——中译者
4 似为 милостивый сударь 的压缩,意为"好心的先生"。——同上

最叫人讨厌的人，是内地的名流。

由于我们的虚浮的性情，由于我们的大多数缺乏对人生现象做深刻的观察和思考的能力，所以没有看到像我们国家这样常常出现这种话："多么平常啊！"而且也没有看到像我们国家这样那么轻易地、常常以轻蔑的态度来对待他人的劳绩，乃至严肃的问题。另一方面，也没有看到像我们俄罗斯人似的那样崇敬权威，屈从它的蹂躏，和由于经历了几世纪的奴隶生涯而养成的自轻自贱和害怕自由。

一个医生劝一个商人（他也是受过教育的）吃肉汤和童子鸡，商人认为这种忠告是嘲笑他。他在吃晚饭的时候，先吃过了菜汤和小猪肉，然后像想到医生的嘱咐似的，又叫拿来肉汤和童子鸡，也全部吃了下去。一边想着这非常滑稽。

修道院司祭叶巴米侬德神父，把钓来的鱼放进衣袋里，回到家里想吃的时候，就一条一条地从衣袋里掏出来油炸。

贵族X把领地连同附带的一切家具都卖给了N，却又把其余的一切，甚至连灶上的风门都拿得一干二净。从此以后，N一听到和贵族名称有关的人，就一概讨厌。

X是个有学问的财主,农民出身,他很恳切地嘱咐他儿子说:"米夏,千万不可改变你的身份!一直到死都是当农民好。切不可变成贵族,或是商人,或是资本家。现在虽说乡议会的官员有权对农民用肉刑处罚,就让他们有这么惩罚你的权利吧。"他夸耀他的农民出身,而且还引以为荣。

他们为一个正派的人举行生日庆祝会。大家把它当成一个夸耀自己和互相吹捧的绝好机会,因此忘记了时间。直到快要吃完酒席,他们这才发觉没有请那位正派人本人出席,把他给忘了。

一个幽娴文静的太太,在激怒中会这么说:"我要是个男子汉,我一定要打你这个家伙的耳光!"

回教徒为了自己的灵魂得救而掘一口井。我们也该这样:为了不使我们的生涯毫无痕迹地在世上消失,进入永恒,在身后留下一个学校或者一口井,以及诸如此类的东西,那可多么好啊!

我们在卑屈和伪善之下,非常疲倦了。

N曾经被狗咬破过衣服,直到现在,他无论到哪里,一进门总是先问:"这里没有狗吧?"

Петр Демьяныч Источников[1]。(人名)

Груш 先生,Полкатыцкий 先生。[2]

有一个做"男妓"的青年男子,为了保持精力而常常喝韭菜汤。

学校的校长。过鳏居生活的神甫拉着手风琴歌唱:"愿和圣徒的灵魂一块儿安息!"

伸长啦![3]

7月里,黄莺整个清晨都在歌唱。

"Сигов(鲑鱼)大量供应。"——X每日走过街上总这么念一遍(广告);他觉得奇怪:为什么专卖鲑鱼的铺子,能够老开下去呢?谁买呢?一直过了三十年,他方才注意地

---

[1] 来自 Источник,意为"源泉"或"名人"。——中译者
[2] Груш 意为"梨子";Полкатыцкий 来自 Полка,有"除草"之意。——同上
[3] 系"骑上啦"的误说,意甚可笑。——日译者

念正确了："Сигар（雪茄）大量供应。"[1]

工程师眼睛里看到的贿赂：炸药筒里装满了一百卢布的钞票。

"我没有读过斯宾塞[2]，请你告诉我：他写的究竟是些什么事情呢？""我想给巴黎的展览会提出一幅风景画，肯把题材告诉我吗？"（好啰嗦的太太）。

那些没事干的所谓"统治阶级"，长久没有战争就活不下去；要没有战争，他们就觉得无聊，闲散得不耐烦，使得他们生气。他们不知道为什么要生在世上，只得拼命地互相咬嚼，不给对方留余地地恶口相加。他们中间最出色的分子，为了不使他自己或他的同志觉得无聊，花尽了力气。可是一旦开始了战争，他们就忘我地狂热起来了，由于共同的利害而团结一致了。他们控制一切，占据一切。

有过不贞行为的妻子，是一大块冷了的炸牛排。因为它无疑已经被别的什么人的手摸过了，所以使人没有了想去碰

---

[1] 俄文鲑鱼写如 Сиг，雪茄烟写如 Сигара，这里因为字形相似，不注意念错了，所以才奇怪。引文中的形式是复数第二格。——日译者
[2] Herbert Spencer（1820—1903）：英国哲学家，实证论的代表者。——中译者

它的念头。

某老处女写了这样的一篇论文:"虔敬的电车[1]"。

Рыцеборский, Товбич, Гремухин, Коптин.[2]

她脸上的皮肤不够用,睁眼的时候必须把嘴闭上;张嘴的时候必须把眼睛闭上。

她撩起裙子,露出那艳丽的花衬裙,很明显,她是那种习惯于为给男人看而打扮的女人。

X大发宏论说:"就拿'鼻子'这个字眼来说吧。在俄罗斯嘛,先生们,这个字眼的意义竟然提不得,连鬼也不知道它究竟是什么意思,您或者可以说,这是人身上最不体面的一部分吧。但是在法国呢,却是'婚礼'的意思。"实际上,对于X,鼻子正是他肉体的最不体面的一部分。

一位小姐卖弄风情地摇晃着身子嚷嚷道:"什么都害怕

---

[1] 系由古老的虔敬与近代化的电车相对照而发生的滑稽意味。——日译者
[2] 系下列各义:"骑士的格斗"、"乞丐的讨饭袋"、"轰然而鸣"、"熏得冒烟"(皆系人名)。——同上

我……男人也好，风也好……唉，走得远远的！我是决计不出嫁的！"她家里很穷，老子是个酒桶。要是你看到她们母女怎样拼命工作，怎样煞费苦心地在人面前代她父亲遮掩，那你一定会对她肃然起敬的吧。但同时你也会觉得奇怪：她为什么以贫穷与劳动为可耻，却不以她的这种叫嚷为可耻啊？

在一个饭店里。泛起一场充满自由主义气味的谈话。安德烈·安德莱伊契，一个温文尔雅的资产者，突然说出这样的话来："你们知道吗，我以前曾经是一个无政府主义者呢！"大家都吃了一惊。安·安的经过是这样的：他的父亲很严厉。村庄里虽然设立了一所职业学校，但是忙着讨论什么是职业呀，什么是教育呀，却什么也没有教，主要是不知道教些什么才好，（因为把村里人都教成鞋匠的话，还有谁来买鞋呢？）他给学校撵出来了，又被家庭赶在门外，他做了地主公馆里的管家的助手。他渐渐对那些有钱的、饱食终日的、吃得胖胖的人恨起来了。地主栽种樱桃树，安·安在一旁相帮，他忽然忍不住想用铁锹把地主肥又白的手指头铲断。于是他闭起眼睛使出浑身力量铲了下去，可是没有铲着。这样，他不能干下去了。森林，静寂的原野，雨；他渴望温暖，到了姑母家里，姑母给他吃面包圈，给他喝茶，这样，他的无政府主义就消失了……刚说完这个故事，四等官

Л从桌旁走过去,安·安一看见他,赶快恭顺地站起身来,接着说明,Л是位拥有许多房产的人,等等。

"我跟一个裁缝做过学徒,我缝制师傅替我裁好的裤子,但是我把裤旁边的条纹缝弯了,一直缝到膝盖下面来了。因此,又到细木匠那儿去当徒弟。有一次我推刨子,刨子一滑,脱手飞到窗户上,把玻璃打破了。——掌柜是个拉脱维亚人,姓氏是'希妥坡尔'[1]。他眨着眼睛,脸上的神色好像在说:'呃,喝一盅酒多好啊!'每晚他自个儿喝酒,自酌自饮,这使我很伤心。"

一个贩卖克瓦斯的商人,用印有皇冠商标的纸片贴在酒瓶上,X为此感到气愤和烦恼;这种认识老折磨着他:一个小小的商人竟敢蓄意篡用皇冠。X一边把这件事情向当局提出控诉,一边纠缠着所有的人,商量惩治这个商人的办法,等等。这期间,却因气恼和劳累过度死掉了。

一个家庭女教师被人用这样的绰号来取笑:"架势"。("夫人的架势"〔Madame Gesticulation〕。)

Шапчерыгин, Цамбизебульский, Свинчутка,

---
[1] 意为"拔塞钻"。——日、英译者

Чембуракьлия.[1]

在晴朗的严寒日子里，门前来了一辆新雪橇，铺着小毛毯，真令人高兴啊！

老年的妄自尊大，老年的报复思想，我看见过多少被人轻蔑的老头子啊！

X到N城来就任了。他显出自己是个专制暴君：他除自己以外不喜欢别人有成就；有第三者在场时，立刻改变了样子；一看到有女人，就改换讲话的腔调；倒葡萄酒的时候，他总是先给自己杯子倒上一些，然后再给同席的人倒；同女人散步的时候，老是把膀子伸出去。那是说，无论做什么事情，都要人知道他是有教养的；别人说笑话，他决不现出笑容。"请你再说一遍，""这里面没有什么新东西。"他总是教训人。大家都讨厌他。老太太们给他起了个绰号："陀螺"。

有一个男子，无论是个人的生活起居，立身处世，待人接物，他一点儿也不懂。

---
[1] 意为"帽子"、"察米亚"（一种植物名称）、"小猪"、"缰绳"，皆人名。——中译者

Утюжный[1]先生。

有一个人,不待有人问他,就抢先声明:"我没有梅毒,我是个正经人,贱内也是个规矩女人。"

X的一辈子,无论说话或是写作,提的都是仆人的坏处,以及对付和管理他们的办法。他死的时候,除了他自己家里的仆人和女厨子以外,没有一个人理他。

一个小姑娘欢天喜地地说着她的婶母:"我的婶婶真美,像我们家里的狗一样的美!"

Марья Ивановна Колотовкина[2].(女人名)

情书内的一节:"兹附上回信邮票。"

有出息的人都离开农村到城里去了,因此,农村越来越衰落了,以后该更要衰落下去了。

巴维尔当了四十年厨子;他讨厌自己所烧的东西,而且

---
1 Утюжный 系由"熨斗"Утюг 一词变来的人名。——日译者
2 Колотовкина 意为"搅拌棒"或"难缠的女人"。——同上

从来不吃自己所烧的东西。

保守派的人们之所以危害还小，是因为他们怯懦，对自己没有信心。有害的并不是保守派，而是心眼坏了的人们。

对女人的恋情冷淡了；无爱的感觉；从爱情中解放出来了的感情。安静的情趣。明朗而安谧的思想。

二者必居其一：不是坐在马车车厢里，就是从马车上爬下来。

一篇戏剧用的材料：一个思想激进的老太太，打扮得像个年轻的女孩子，吸烟，没有社交活动就过不了日子，富于感情。[1]

特等卧车上的旅客——那是社会的渣滓。

那里住着的黑土地带的人，可就是列宾[2]的《萨布罗什人》吧。

---

[1] 原来计划写进《樱桃园》里去。——俄文版编者
[2] И. Е. Репин（1844—1930）：俄国近代的大画家，《萨布罗什人写信给土耳其苏丹》即为其杰作之一。——中译者

有一个太太的胸前挂着一个肥胖的德国人肖像。

有一个人,生平每逢选举都投左派的票。

死人的衣服都给脱光了,但是没有工夫去脱手套。一具戴着手套的尸首。

一个地主在吃饭的时候,得意洋洋地说:"乡间生活真是便宜啊。——鸡也是自己的,猪也是自己的。——生活真便宜啊!"

有一个非常尽职的海关职员,为了搜查危险的政治性文件,把旅客的行李都检查遍了,这甚至连宪兵都感到愤慨。

真正的男性(Мужчина),是由丈夫(Муж)和官位(Чин)合成的。

教育——"要细细的咀嚼食物。"父亲告诉他们说。于是,他们细细的咀嚼,每天散步两小时,洗冷水浴。可是他们还是没有幸福,没有本事。

工商业的医学。

四十岁的N和一个十七岁的姑娘结了婚。第一夜,他们回到他的矿区的村子里来。她一上床,忽然满脸是泪地哭了起来,因为她不爱他。心善的N很狼狈,他胸中充满了悲哀,到他的小工作室里睡去了。

从前是庄园的故址上,一点旧日的痕迹都没有了;只有一丛<u>紫</u>丁香花还留着,可是不知是什么缘故,它没有开花。

儿子:"我相信今天是星期四!"
母亲:(没有听见)"什么?"
儿子:(发怒地)"星期四啦!"(安静地)"我该洗澡啦!"
母亲:"什么?"
儿子:(怒冲冲地,愤然地)"洗澡!"

N每天到X家里去;在交谈中,他衷心地对X的痛苦表示同情。忽然X离开自己舒适的家搬到别的地方去了。N问他的母亲,X为什么搬开了? X的母亲回答:"因为你每天都来看他。"

分明是诗意的结婚仪式,不大工夫,却——你这个混账东西,你这个饿鬼!

爱情。它不是某种退化了的东西、某种原来是伟大的东西的遗迹，便是将来要变成某种伟大的东西的粒子；在目前呢，它是不能使人满意的，它所给你的比你所希望的少得可怜。

有一个很有学识的人，毕生都说关于催眠术和降神术的谎话。然而人们相信他——因为他是个好人啊。

在第一幕里，一个可敬的绅士X，向N借了一百卢布，在以后的四幕中，都没有归还。[1]

一个老太太有六个儿子和三个女儿，她最钟爱的是那个失败者，他喝酒，还蹲过监狱。

Иерохиромандрит[2] 神父。

工厂经理N，年轻有钱，有一个幸福的家庭。他写了《X水源的研究》这一论文后，获得了好评。因为有一个学会请他做会员，他抛弃了职务，跑到彼得堡去了；他与妻子离了婚，花光了家产，被毁灭了。

---

[1] 选用在《樱桃园》中，西妙诺夫-皮什契克的情节内。——俄文版编者
[2] Иерей（教士）+Архимандрит（修士大祭司）。——日译者

（看着贴像簿）"这个丑脸究竟是谁？"

"那是我的叔父。"

啊，可怕的不是骷髅，而是我早已不怕骷髅这个事实。

一个大户人家的孩子，是个任性淘气又固执的小孩，家里人对他都头痛。他的父亲是个会弹钢琴的官员，恨极了儿子，把他拖到花园的角落里打了一顿。当时觉得很痛快，可是过后又憎恶自己。儿子长大了，当了军官，做父亲的为了打过他仍然憎恶自己。

N向Z求爱好久了。她是个笃信宗教的姑娘，当他向她正式求婚时，她把他以前赠给她的一朵已经枯萎了的花朵，夹到了祈祷书里面去。

Z："你进城的时候，顺便把这封信投到邮筒里去。"
N：（惊讶地）"什么地方？我不知道邮筒在什么地方。"
Z："你去药房的时候，给我买点樟脑丸来。"
N：（惊讶地）"我会忘掉的，你所说的樟脑丸我会忘掉的。"

海上的暴风，在法学家的眼睛看来，无疑是犯罪。

X到友人的庄园里去做客。庄园的风光虽好，友人的仆人待X却很怠慢。友人虽然把他当一个阔人看待，但是不如意的事很多：卧床是硬的，晚上也不给他睡衣，他又不好意思开口要。

我不姓Ку́рицын，我姓Кури́цын。[1]

在排演中。
妻："《巴格里阿茨》[2]里的曲子是怎样唱法的？米夏，用口哨吹一下吧。"
夫："舞台上是不准吹口哨的；舞台——就等于圣殿啊。"

因为害怕霍乱而死掉了。

好像在安灵弥撒中拿出钉子来。[3]

千年以后，在别的星球上，说到关于地球的谈话："喂，你还记得那棵白色的树吗……？"(《白桦》)

---

1 这两个字因重音不同而在意义上有"母鸡"和"吸烟"之分。——日译者
2 Pagliacci：意大利作曲家列昂卡瓦洛（Ruggiero Leoncavallo，1853—1919）的歌剧。——俄文版编者
3 不相称的比喻。——日译者

анахтема！¹

Зигзаковский, Ослицын, Свинчутма, Дербалыгин.²

一个有钱的女人，把钱藏在身上随便什么地方，甚至胸前，两腿之间……

格，格，格，哈，哈，哈！

那些所有的手续。³

请把所有的这类事情（你的解雇），看成一种大气现象吧。

医生会议时的谈话。第一个医生说："无论什么病都可以用盐治好。"第二个医生（是个军医）说："无论什么病只要禁盐就可以治好。"第一个医生以自己的妻子为例，第二个医生举自己的女儿为例。

1　系 анафема（诅咒语）的讹误。——日译者
2　系下列各意："锯齿形"、"牝马"、"小猪"、"吹牛皮"，皆人名。——同上
3　在原语中，是把英语 procedure（手续）误说成 precedure，而带有可笑的意味。——同上

母亲有理想，父亲也是。他们发表演说，他们建立学校、博物馆等等。他们渐渐富足起来了。他们的孩子都很平常，乱花钱，做投机生意……

N在十七岁的时候嫁给一个德国人，她跟着丈夫到柏林去住。四十岁时她做了寡妇，无论俄国话或德国话都说不好了。

某夫妇都好客，因为没有客人来时，他们就要吵嘴了。

这是荒谬绝伦的事情啊！这是时代错误啊！

"把窗户关上！你不是正出汗吗？把外套穿上！再穿上套鞋！"

如果你因为时间不够而苦恼，那就什么也不干地看看吧。

我虽然无忧无虑地活了下来，但眼看着也要和这个世界告别了啊！

夏天的早晨，星期日，听到了马车的声音，那是做弥撒去的。

她生来第一次被别的男子吻手。这时，她控制不住自己，冷淡了对于丈夫的爱情，终于"头昏目眩"起来了。

多么美妙的名字啊："圣母泪"、"知更雀"、"乌鸦眼"[1]……

挂着肩章的林务官，从来没有看到过森林。

某绅士在曼顿[2]附近有座别墅，那是他用卖去图拉县的庄园的钱买下来的。他因事到哈尔科夫的时候，我看到过他。他赌牌，把别墅输掉了。这以后他在铁路上做职员，不久就死掉了。

他吃饭的时候看见一个漂亮的女人，打起嗝来；一会儿又看见一个漂亮女人，又打起嗝来。这样，他的晚饭没有吃成，因为漂亮的女人太多了。

一个刚从大学毕业的医生，做了饭馆的监督人。"本馆菜肴由医生监制。"他写出矿泉水的成分，得到学生们的信任，买卖就兴隆起来了。

---

[1] 这些都是花草的名字。——日、英译者
[2] 法国南部的一个疗养地，在尼斯附近。——中译者

他不是在吃,而是在尝。

一个女演员的丈夫,在他妻子登台献艺的时候,满面春风地坐在包厢里,不时地站起身来向观众致谢。

渥尔洛夫·达夫伯爵家的午餐。肥胖的、懒惰的仆人,味同嚼蜡的牛排。使人感到浪费的钱太多了,感到那种局面是没有希望的,要改变这种局势也是不可能的。

一个县城医生说:"如果不是一个医生,谁肯在这种坏天气出去走动呢?"他以此自傲,一见到人就说;神气活现地以为世界上再没有比自己的职业更麻烦的了。他不喝酒。虽然常常暗地里向医学杂志投稿,但从来没有登出来。

当N和她丈夫结婚的时候,他是个陪审检察官,当中做过一任地方法院的法官,不久就升为最高检察署的检察官。他是个中庸的、毫无趣味的男人。N很爱他,一直爱他到死。当她听到丈夫对她有不忠实的行为时,她给他写了封温柔的、动听的信;甚至在她死时,她的脸上还浮着动人的爱的表情。这是很显然的:她所爱的并不是她的丈夫,而是别的人,一位高尚的、优秀的、并不存在的人,她只不过把这种爱寄托在她丈夫身上罢了。她死后,她的房间里有脚步声音。

他们虽然都是禁酒会会员,但仍然不时地喝上一小杯。

有人说:"真理终将获胜。"然而这句话本身就不是真理。

聪明人说:"这是谎话,但没有这种谎话人们就活不下去,而且这种谎话有其历史的根源,已经被神圣化了,如果立刻就把它连根除掉,那是危险的;不如稍加修正,暂且让它存在为好。"天才说:"这是谎话,所以不能让它存在。"

М. И. Кладовая[1] 夫人。

一个留着胡子的中学生,为了炫耀自己,跛着一只脚走路。

一个在文坛上混了很久的低能的作家,他那副自尊自大的神气,看去简直像个得道的高僧。

X城的N先生和Z小姐,都是聪明的、受过教育的、思

---

1 意为"货栈"。——日译者

想激进的人，都在为他们同胞的利益而工作。但是他们彼此互不理解，为了取悦于那些愚昧而粗野的人们，他们每一开口就互相挖苦。

他装出简直像抓住了谁的头发似的手势，这样说："呃，你休想玩那种手段逃走！"

N从来没有去过乡间，他以为乡间的人冬天用滑雪板走路。"现在我真想享受一下滑雪的味道啊！"

N夫人自己出卖自己，她对于每个买主都是这样说："我爱你，是因为你和别的人不一样。"

一个有知识的妇女，或者，更正确地说，一个属于知识界的妇女，是擅长于诈骗的。

N一生都徒劳无益地研究某种疾病，研究这种疾病的病菌。他把整个生涯都献给了这种研究，耗尽了所有的精力。直到逼近死期，他才忽然明白：这种疾病根本不会传染，一点也没有危险。

有一个剧团团长兼导演，躺在床上，读一个新写的剧本。他读了三四页就厌烦了，啪的一声把它扔在地板上，吹灭蜡烛，盖起被头睡了；过了不多一会儿，他改变了想法，又捡起剧本来读；不久，他又为这个冗长而乏味的作品发火了，又把它啪的一声扔在地板上，吹灭了蜡烛。再过一会儿，他又捡起来读它……后来，这个剧本上演了，果真大遭失败。

N虽然是个性情怪僻而阴郁的人，但是他竟说出这样的话来："我好说笑话，说的常常是些笑话。"

妻子写小说，丈夫对这很不满意，不过由于体贴妻子，并不说出口来；他一直到死都为这事苦恼着。

女演员的命运。——起先，她是刻赤的一个富裕的良家小姐，对生活感到厌倦，有着无论什么都不能满足的心境。——登台演戏，慈善事业，热烈的爱情，然后是成群的情人。——最后，服毒自杀未遂。从此住在刻赤肥胖的伯父家过生活，爱好孤独。经验告诉她：一个女演员必须禁忌喝酒、结婚、怀孕。演剧要成为艺术那是遥远的未来的事情，现在只是为了这个未来而奋斗。

他（用愤然和教训的口吻）说："你为什么不把你老婆

的信给我看？咱们不是亲戚吗？"

上帝啊，请勿令我去指责或谈论那些我不知道或不了解的东西啊！

大家为什么老是要描写弱小者、阴郁者和罪犯呢？而当人们劝告别人只应该描写强者、健康者、有趣味的人时，人们暗中指的就是他们自己。

为写剧本用：一个无缘无故而专说谎话的角色。

教堂司事 Катакомбов[1]。

文艺批评家 N. N.。他本来是一个充满自信，以进步自居的人。他谈到诗，宽大地承认了别人的意见。——我立刻就看出他是个没有什么才华的人（我没有读过他的作品）。有人提议到阿伊·丕特里[2]去，我说天快要下雨了，但我们还是出发了。下雨了，路途泥泞；这位批评家坐在我旁边，我感觉到他的低能。同行的人都恭维他，把他捧得像一个主教一般。等到天晴了，我就步行回来。人们多么喜欢自己欺骗

---

1 意为"安放骨灰的地洞"。——日译者
2 克里米亚的山名。——同上

自己啊！他们是多么爱信预言家或走江湖卖卜人的话啊！这简直是一群绵羊！与我们同行的还有一个中年的特任官，他不大说话，因为他自认为是正确的，他看不起那个批评家，认为他没有才能。有一个女郎笑都不敢笑，因为她以为她坐在聪明人当中。

有一个人叫作Алексей Иваныч Прохладительный（清凉的）或者Душеспасительный（拯救灵魂）。一个小姑娘说："我嫁倒可以嫁给他，可是我害怕这个称呼：'清凉的太太[1]'。"

一个动物园园长的梦。他梦见先是有人捐赠给动物园一只土拨鼠，其次是只鸵鸟，再是一只兀鹰，然后是只母山羊，于是又是一只鸵鸟。捐赠动物无休止地继续下去，把动物园挤满了。——园长在十分恐怖中吓醒了，出了一身大汗。

俾斯麦[2]曾经说："把马套在车上的时候要慢，但是到赶

---

1 俄俗：女人出嫁从夫姓，故有此语。——中译者
2 Otto Fürst von Bismarck-Schönhausen（1815—1898）：普鲁士王国首相和德意志帝国宰相，保皇派。容克地主出身。任首相时，推行铁血政策，发动丹麦战争、普奥战争和普法战争，通过王朝战争统一了德意志。镇压过巴黎公社，在非洲、大洋洲掠夺过殖民地。后因与威廉二世意见不合，于1890年3月去职。——同上

手记

马车的时候就要快了，这里就存在着人类的本性。"

戏子有了钱，就用打电报来代替写信。

昆虫界里，毛虫会变成蝴蝶；人类却相反，是由蝴蝶[1]生出毛虫来的。

那些家犬并不亲近喂它们和喜爱它们的那些主人，反而去亲近那个老是打它们的别人家的女厨子。

苏菲担心爱犬会不会因为大风而患感冒。

这一带的土壤好极了，你种一根车杠下去，过上一年就能长出马车来。

受过良好教育、思想激进的X和Z结婚了。某晚，在他们情投意合的谈话中间，发生了争吵，接着就扭打在一起。第二日早晨，彼此都感到惭愧和惊奇，觉得像是受到奸人的捉弄；认为这是某种异常的神经作用。第二天晚上，又发生了争吵和扭打，而且此后每晚都是如此。后来，他们才明

---

[1] 在俄语中，蝴蝶（Бабочка）一语也有青年妇女的意思，这里是一种文字游戏。——中译者

白了他们并没有什么教养，和世上大多数野蛮人并没有什么两样。

一篇戏剧：为了避免客人，本来什么酒也不喝的Z装出了大酒徒的样子。

生下孩子以后，我们就把我们的一切弱点，我们的妥协性和势利行为，一股脑儿都推到"这是为了孩子"这个借口上去了。

"伯爵老爷，我要到孟尔德更狄亚（Мордегундия）[1]去了。"

Варвара Недотёпина[2]小姐。

Z本来是个技师或者医师，他去拜访当总编辑的伯父，他觉得很有趣，在经常到那里去的当儿，成了一个撰稿人，渐渐荒弃了自己的正业。有一次深夜，他从报社办事处出来，忽然想起什么似的捧住头叹道："什么都完了。"白头发多起来了。那以后，这就成了他的习惯。他的头发完全白

---

[1] 意为"奴颜国"，一个有可怕的面孔的地方。——日、英译者
[2] 意为"愚人"。——日译者

了，脸上浮肿。后来，他成了一个受人尊敬的，但是不知名的出版商人。

一个年老的三等官，看到孩子们的样子，自己也变成个激进派了。

一个报纸的名称:《面包圈》。

马戏团的丑角——这才是天才呢。和他说话的茶房，虽然穿着礼服，却是个俗物。脸上浮着轻微冷笑的茶房。

从诺伏兹布科夫[1]来的伯母。

因为他患了脑淡化症，所以脑浆从耳朵里漏了出来。

什么？作家吗？花五十个戈比就让你做个作家，那样，你还想做吗？

正误表。——переводчик（译者）系подрядчик（承包人）的误写。

---

1 Новозыбков：欧俄都市名称；意为"新摇篮"。——日译者

医生经常这样对我说:"你只要能保住身体,就放量地喝酒吧。"(戈尔布诺夫[1])

一个四十岁的又丑又低能的女演员,晚饭时吃了鹧鸪。我真替鹧鸪叫屈,我到现在还是这样想:鹧鸪的一生,比起这个女演员来,远不知道要更有多少才能,更聪明而又纯洁啊。

Карл Кремертартарлау[2]君。

画着一片广漠的原野和一棵小小的白桦树。那绘画下面的标题是:《孤独》。

客人都散了。他们玩过纸牌。客人散后什么东西都是乱七八糟的:烟雾,碎纸片,碟子碗盆,尤其是:黎明与回忆。

与其受到混蛋的称赞,还不如被他们揍死的好。

---

1 戈尔布诺夫(Иван Фёдорович Горбунов,1831—1895):俄国十九世纪后半期的演剧家及剧作家,其作品幽默风趣,堪与契诃夫作品媲美。——中译者
2 人名。——同上

手 记

主人已经死了,为什么树木还要长得这样茂盛呢?

登场人物备有一个图书室,但是他常出外做客,所以并没有一个阅览的人。

人生,看来虽是广大无比的,但是人们仍然坐在他们的那五个戈比[1]上面。

左洛特诺夏[2]吗?哪会有这个城市呀!哪里会有呀!

他笑的时候,闪出牙齿和上下的牙床。

他和一个四十五岁的女人发生了肉体关系,不久以后就写起猎艳记来了。

他爱那种不会使他精神混乱的文学,那是席勒[3]、荷马[4]等等。

---

1 "五个戈比"(Пятачок)另外还有"猪鼻子"之意。——英译者
2 Золотоноша:欧俄的城市名称。俄文原意有"含有黄金"的意思。——日、英译者
3 J. F. Schiller(1759—1805):德国诗人,历史家,剧作家。——中译者
4 Homeros(Homer):希腊古代诗人,生卒于纪元前八世纪;其不朽杰作为《伊里亚特》及《奥德赛》;据后世希腊学者研究,荷马并不是一个人的名字,而是指当时一群流浪歌唱者而言。——同上

女教师N，在晚上回家的路上，从知心的女友那里听到出乎意外的话：原来X爱上了她，想要向她求婚。样子长得不好看，从没有想到结婚的N，回家以后，长时间地因为过分恐怖而发抖，而且，那一夜她睡不着觉，一直哭泣着；在将近天亮的时候，她竟然有些爱起X来。但在第二天晌午，她才知道这话不过是她的女友的猜想，X求婚的对象并不是她，而是Y。

我梦见我到了印度，当地的领主或是王侯送给我象，而且一送就送了两头，我对这象感到非常作难，终于醒过来了。

一个八十岁的老人同一个六十岁的老人谈话："年轻人，你可真不害羞！"

当教堂里合唱《现在我们开始得救》的时候，他在家里煮鱼头汤；在约翰斩首[1]的日子，他不吃所有像头一样的圆

---

1 "斩首"俄语作 усекновение，"打"作 сечь（过去时阳性形式作 сек），它们有一个共同的词根 сек。"约翰斩首"事见《圣经·新约全书》的《福音书》。约翰在耶稣传教前即劝人改悔并在约旦河里为人施洗，也为耶稣施洗过，后因指责犹太王希律娶兄弟的妻子希罗底为妻"是不合理的"，被捕下狱。"到了希律的生日，希罗底的女儿在众人面前跳舞，使希律欢喜。希律就起誓，应许随她所求的给她。女儿被母亲所使，就说：'请把施洗的约翰的头放在盘子里，拿来给我。'王……于是打发人去，在监里斩了约翰，把头放在盘子里，拿来给了女子……"（《马太福音》第十四章《施洗约翰之死》）。——中译者

手 记

形东西，可是打家里的小孩子。

一个记者在报纸上写了谎话，但是他以为他写的是真话。

如果你害怕孤独，就不要结婚。

他本人虽然是个财主，但他的母亲却住在济贫院里。

他结了婚，布置好房间，买了一张书桌，也备齐了文具用品，可就是没有什么可写的。

只要你说话有权威，即使是撒谎，人家也会信你的。

浮士德[1]说："你知道的用不着，用得着的不知道。"

我不久就要独自躺进坟墓里去了，正像我现在实际上是孤单地活着一样。

一个德国人说："上帝啊，饶恕我们这些荞麦点心吧！"[2]

---

[1] Faust：德国大诗人歌德（J. W. V. Goethe，1749—1832）的名著《浮士德》中的主人公，学者。——中译者
[2] "荞麦点心"（гречневик）与"罪人"（грешник）发音相似，这是外国人说俄国话发音不准确而发生的滑稽现象。——日、英译者

"哦哦，我的宝贝的小脓疱啊。"未婚妻娇声嫩气地说；男的想了一会儿，很不舒服——于是解约了。

虽然是个矿泉水（Гуниади Янос）[1]瓶子，但里面装的却是樱桃之类的蜜饯。

演技非常坏，无论演什么戏都给她一个人弄糟的女演员，——她一生到死为止都是这样。她不受观众的欢迎，看她的戏会使人汗毛直竖，很好的角色也被她演糟了，虽然如此，直到七十岁她还是做着女演员。

只有他自己完全正确，才能够使那些觉着自己有错的人悔改。

副主教诅咒"怀疑的人们"，虽然那些人们正站在唱诗队里，唱着诅咒自己的歌。（斯基达列茨[2]语）

他这样地梦想：妻子断了腿，站不起身而躺着，他为了怜悯服侍着她……

---

1 有泻盐的矿泉水。——俄文版编者
2 Скиталец（1868—？）：俄国小说家。——中译者

Гнусик[1]夫人。

蟑螂一只也不见了,这个屋子可要起火了!

《假冒者德米特里和演员们》、《屠格涅夫与一群老虎》——这种论文是可能写的,而且也有人写出来了。

题目:《柠檬之皮》。

嚓啦啦,嚓啦啦,军队嚓啦啦[2]。

我可是你的亲汉子呀!

洗着海水浴的时候,因为大海洋的浪头打着她而流产了;——因为维苏威火山[3]爆发而流产了。

我觉得:除了大海与我以外,便概无所有。

Трепыханов 先生。[4]

---

[1] 来自"Гнусавый"一词,意为"鼻声"。——日译者
[2] 军队行进声。——中译者
[3] Vesuvio:意大利火山名。——同上
[4] "气急喘喘的"先生。——日译者(中译者按:似应作"颤巍巍的"先生。)

教育：他那三岁大的孩子，穿着黑礼服，套着长靴，穿着背心。

自我夸耀："我毕业的不是尤里叶夫大学，而是多尔巴特大学呀[1]"！

他的胡须像鱼尾巴。

犹太人 Цыпчик。[2]

有一位小姐，她的笑声，简直像是把她的全身浸在冷水里发出来的一般。

"妈妈，闪电是什么做的？"

庄园里有一股讨厌的臭味儿，使人感到不舒服；虽然栽了些树木，但栽得乱七八糟；在那边远远的角落里，门房的老婆整天在洗客人用的被单——谁也看不到她的影子。世间竟让这样的老爷整日不停地谈论着他们自己的权利和高

---

[1] 多尔巴特（Дерпт）是爱沙尼亚的名称，俄国名称为尤里叶夫（Юрьев）。又据俄文版编者注说：这两个都是塔尔图市（Тарту）的旧称。——中译者
[2] 意为"小鸡娃"。——日译者

贵……

她用最上等的鱼子酱来喂狗。

我们的自尊心和自负心是欧洲式的,但是它的发达程度和行动表现则是亚洲式的。

一只黑狗,看上去简直像是穿着套鞋一般。

俄国人所抱的唯一希望,是能中二十万卢布的彩票。

她虽然是个可恶的女人,但孩子却教养得很出色。

所谓人,无论谁,都隐藏点什么东西。

N的小说的题目:《和谐之力量》。

哦哦,如果任命光棍和鳏夫去当省长,那多么好呀!

有一个莫斯科的女演员,一辈子没有看见过雌火鸡。

从老年人的谈话中听到的,不是蠢话就是怨言。

"妈妈，彼佳没有做祷告。"于是喊醒已经睡下的彼佳；他哭着做完祷告，然后又躺下去的时候，捏着拳头向那个多嘴的孩子示威。

他以为要不是医生，就不能说出那个人是男的还是女的。

一个人做了正教的教士，另一个做了圣灵否定派[1]的教士，第三个成了个哲学家，这些都是他们本能的要求；因为从早到晚地弯着腰干活，他们都十分厌恶啊。

有一个男子很喜欢"同胞的"这句话——我的同胞的哥哥，我的同胞的妻子，我的同胞的女婿，等等。

N博士是个私生子，他没有和父亲在一起生活过，对父亲的情况毫无所知。他儿时的一个朋友Z现出惶惑不安的脸色告诉他说："你父亲很孤单，又生了病，说是很想和你见上一面。"他的父亲开一个名叫"瑞士居"的饭馆。他先用手抓起煎鱼，然后再用叉子。伏特加有一股下等臭味。N到那里去，看了看饭馆的样子，吃了一顿晚饭。他对于这个满

---

[1] 圣灵否定派（Духбор）：正教中反对祭神仪式的一派，它盛行于俄国农民中间，曾受到沙皇政府的迫害。——中译者

头白发的肥胖的乡下佬，竟会开出这种不像样子的饭馆，感到很不愉快，但也没有什么恶感。不过有一次，在夜间十二点路过这家饭馆的时候，他偶然从窗口看了一下，看见他的父亲正弓着背看账本，那样子完全和他一模一样，活像是自己的造像……

有一个男人，笨得像匹灰色的骟马。

终于玩笑开得过了分，用蓖麻油来戏弄一位小姐[1]，致使她一生没有能出嫁。

X一生老是写信侮辱有名的歌手、演员和文人："想一想，你这下流坯……"等等，可是并不具名。

当他（给殡仪馆打火把的）戴上了三角帽，穿着绣花礼服和有条纹的裤子出现时，她爱上了他。

他是个性格开朗而又乐观的人，简直像专为反对那般性情别扭的人而生的。他很胖，很健康，很能吃喝，大家都喜欢他，实际上仅仅是因为他们也害怕那些性情别扭的人而

---
1 据英译者注：用这种油涂在女人身上，是表示她有不贞洁行为。日译为"吃了蓖麻油"。——中译者

已。揭开底来说,他原来是个百无一用的人,是人类的渣滓,仅仅是个能吃喝会大声说笑的人。以后到他临死的时候,大家方才知道他毫无成就,都把他认错了。

检查建筑工程完毕之后,那些受到贿赂的委员们兴高采烈地在午餐中大吃大喝,那简直像是追悼他们已经丧失了的名誉的会餐。

说谎话的人是龌龊的。

他在夜间三点钟被人喊醒,到车站去工作,每日如此,已经有十四个年头了。

一位太太发着牢骚:"我写信要我的儿子每星期六换衣服,他回信说:'为什么一定要星期六呢,星期一就不行吗?'我说:'好吧,星期一也行。'他又来信说:'为什么一定要星期一呢?星期二不行吗?'他虽然是个正直的好孩子,可是再没有比他更难侍候的了。"

聪明的人好学习,愚蠢的人好为人师。(谚语)

不管是教士,或是修道院长,或是主教,令人吃惊的是：他们的说教总是一模一样的。

有一个人记起他在青年时代曾经争论过关于"人类之爱"、"公共利益"、"为人民工作"等等问题，实际上他并没有做过这些争论，只不过在大学时代是狂饮烂醉而已。他们也写过"那些有学士衔头的人是社会的耻辱，曾经为了人权、信教与良心自由而斗争的精神，现在可又在什么地方呢"之类的文章，然而，他们根本就没有为这些进行过斗争。

有一个领地管理人，像布金松[1]一样，从来没有见到过主人，因此，掉在幻想里了。他想象主人一定是个很贤明的、有气魄的、高尚的人物，于是就用这种想象来教育他的儿女。然而，不久之后，主人来了，他这才知道主人是个一无足取的、眼光短浅的人。他感觉到一种难以忍受的幻灭。

每天午饭以后，丈夫总以他要去当和尚的话来恐吓妻子，妻子哭着。

Мордохвостов[2]先生。

---

[1] 布金松（Букишон. к.）：谢尔甫霍夫县奥尔洛夫-达维多夫领地的管家。——俄文版编者
[2] 意为"嘴脸和尾巴"。——日译者

夫妇在一起生活了十八年,尽是吵架。终于,他凭空对妻子说,他已妍识了别的女人,于是他们离了婚。他感到非常满足,可是全镇的人都愤慨了。

屋角的椅子上,放着一本毫无用处的、贴着已被遗忘而引不起兴趣的照片的贴像簿,这样一直放了二十年,还是没有人下决心把它抛掉。

N告诉人家:四十年前X是个如何了不起的高尚人物,救过五个人的性命。但是听的人却很冷淡。对于他们已经忘记了X的功劳,再也引不起兴趣,N觉得非常奇怪。

大家狼吞虎咽地吃着上等鱼子酱,一刹那间都吃光了。

在进行严肃的讲演当中,他向自己的小儿子说:"把你的裤子前面的纽子扣起来。"

只有你能够使他看见他自己是个什么样子,他才会开始变好。

鸽毛色的脸孔。

有一个地主,用胡椒子、锰酸水以及其他莫名其妙的食品来喂鸽子、金丝雀和鸡,想使它们的羽毛变色。——这是他唯一的事业,只要一见到客人的面,就夸耀这件事。

他们雇了个有名的歌唱家,要他在他们结婚席上朗诵《使徒行传》。他虽然朗诵了,而且获得了美妙的成功,可是没有拿到报酬(二千卢布)。

笑剧:我的好朋友Кривомордый(歪脸)先生,他的名字虽然很怪,但是是个好人。他既没有"歪腿"(Кривоногий),也没有"歪手"(Криворукий),实际是"歪脸"(Кривомордый),他照样结了婚,很受妻子喜爱。

N每天喝牛奶,每次喝牛奶时,总在牛奶杯子里放一只苍蝇进去,然后把仆人喊过来责问:"这可为什么呀?"现出一个活人殉葬似的脸色。他不这样做一下,就会一天也活不下去的。

她是个阴郁的女人,身上有一股酸臭气。

N发觉妻子有奸情。他感到愤慨而又烦闷,但是踌躇不决,默不作声地藏在肚子里。他什么也没有说,老向妻子的那个姘头Z去借钱,而且,他还以为自己是个清白的人。

我在吃掉面包圈喝过茶的时候,就说:"我真不想吃了。"但是当我读小说或诗到半截而不高兴再读下去的时候,我就说:"不要了,不要了。"

一个公证人拿钱放高利贷。他口口声声这样辩解:将来要把遗产全部捐赠给莫斯科大学。

有一个教堂职员是个这样的激进主义者,他说:"目前,我们这般人都是从意想不到的裂缝里慢慢地爬出来的。"

地主N常常和邻村的一家信奉莫罗勘教[1]的地主争吵,他和他们打官司,臭骂他们,诅咒他们,等到后来他们搬走了,他却感到空虚,渐渐衰老了。

Мордуханов[2]先生。

N夫妇家里住着一位妻弟,年轻而又好哭,不是偷别人

---

[1] 莫罗勘教(Молокан):该教为正教分派之一,不食牛奶和鸡蛋。——中译者
[2] 该姓氏有"海的精灵"之意。——同上

的东西,就是说谎话,甚至声称要自杀;N夫妇对他毫无办法,如果把他赶出去又怕他自杀;而要赶他走,也不知道该怎样赶法。他因为造假支票被捕下狱了,N夫妇认为这是他们自己的过错,因而在懊恼之中流着眼泪。妻子因为过度伤心死掉了,不多久,丈夫也跟着死了,于是他们的财产都变成这位妻弟的了,他挥霍光这份家产,又被捉去判处了劳役。

假定我嫁了出去,用不到两天工夫一定会逃出来;但是所谓女人,会安居在丈夫家里,正好像她从小就是生长在那里的。

你总算做了顾问官(Титулярный советник)[1]了。但是你要对谁进忠告呢?上帝不会让任何人去听你的忠告的。

特尔约克[2]举行市议会,议题:如何增加本市公产案。决议:敦请罗马教皇驻节特尔约克。这是说:请教皇奠都本市。

在蹩脚诗人的诗歌中,有这样的句子:"他像蝗虫似的

---

1 Титулярный советник:通译"九等文官"。彼得一世时,把文官分成十四等,官阶高低依数目字大小递减。советник 含有"顾问"与"忠告者"的意义。——中译者
2 Торжок:莫斯科西北的一个小工业都市。——同上

飞去幽会。"

然而像这样精彩的细节，几乎就飞不进我们的耳朵。（Lolo）

C的理论：我虽然赞成信教自由，但反对宗教自由。严格地说起来，不是正教的东西，绝不能加以容忍。

圣庇渥尼亚及叶比马哈，3月11日；圣普普利亚，3月13日。

诗歌以及小说戏剧之类，所包含的并不是现在所需要的东西，而是所希求的东西；不是远离大众的东西，而是表现出大众之中的先进分子所希求的东西。

有一个非常谨慎小心的小绅士，连贺年片都要用挂号寄出去，为的是得到一张收条。

俄罗斯是一个广漠的平原，坏蛋们在那上面游荡。

柏拉图主义者[1]伊凡诺夫娜。

1　柏拉图主义者：即精神恋爱主义者。——中译者

只要你在政治上是稳健的,你完全有资格做一个理想的公民。对激进主义者来说,也是一样,就是说:你在政治上如果不大稳健,那就要一切都糟糕了。

人的眼睛,在失败的时候,方才睁了开来。

Зюзиков[1]先生。

有一个五等官,是个可尊敬的人物;然而无意中暴露了他在暗中开着一座妓院。

N写了一本非常出色的剧本,但是没有一个人称赞它,也没有人喜欢它,人家所说的是:"拜读你下一次的大作吧。"

身份较高的人从正门进出;身份较低的人走的是后门。

他说:"在我们镇上,有一个姓基希米——西(葡萄干,Кишми́ш)的绅士,虽然他自称为'基—希米西'(Ки́шмиш),但是谁都分明知道应该是'基希米——西'。"

她(想了一下)说:"多么不痛快!……要是叫'伊

---

[1] 意为"大酒鬼"。——日译者

求姆'（葡萄干，Изюм）倒还说得过去，怎么会叫'基希米——西'！"

姓氏——благовоспитанный[1]。

最最尊敬的Ив. Ив.啊！[2]

那些时运亨通、无往不利的人，有时是多么令人作呕啊！

当N同Z有关系的谣言从人嘴里传开来时，就会渐渐酿成一种空气：无论如何，N与Z不想通奸也不行了。

正闹蝗虫的时候，我写了本《蝗虫扑灭论》，使世人兴高采烈，而获得名利双收；但是在蝗灾久已绝迹、世人早已忘怀的今日，我就被埋没在社会之中，变成被人遗忘的废料了。

他用不胜其愉快的口吻说："那么，我给您介绍一下，这一位伊凡·伊凡尼契·伊兹戈叶夫先生，是贱内的情人。"

---

1 意为"教养优良"。——日译者
2 在写信的称呼上，写了多余的"最最"二字，却把对方的名字伊凡·伊凡诺维契简略了，这是一种不得当的写法。——同上

手　记

在那个庄园里,到处竖着告示牌:"闲人止步"、"禁止践踏花卉",等等。

在庄园里,有一座很好的图书馆,这虽然是主人很自傲的所在,但是根本就没有被人使用;拿出来的咖啡和水一样,无论如何也喝不下去;庭园造得毫无风趣,没有一株花——他们却硬说,这所有的一切,正是托尔斯泰式的呢!

他为了要研究易卜生,所以学瑞典文,费了很多时间和力气,忽然发现易卜生并没有什么了不起;现在他不知道把瑞典文派什么用场了[1]。

N以捕捉臭虫为生,他也从他自己的职业观点来读文艺作品……如果《哥萨克人》[2]中没有写到臭虫,那么《哥萨克人》就是一本坏书。

人类所信仰的,就是人。[3]

一个聪明的姑娘:"我不会装模作样……""我从来没有

---

1 这里学瑞典文不知究何所指;因为易卜生(H. Ibsen, 1828—1906)是用挪威文写作的。——日译者
2 系列夫·托尔斯泰的中篇小说。——中译者
3 这句话是 M.高尔基的剧本《夜店》中鲁卡(Лука)的台词。——俄文版编者

说过一次谎……""我是很有主见的……"无时无刻不在说着"我，我，我……"

N讨厌他的做女演员（或者是做歌女）的太太，他暗地里在报纸上写了些攻击她的演技的批评文字。

一个贵族夸口说："我这个公馆还是德米特里·顿斯科伊时代[1]建造的呢。"

"禀老爷，他竟给我的狗起了这么一个坏名字：'畜生'。"

下雪了，可是因为地面有血，所以积不起来。

他把遗产全部都捐给慈善机关了，因为他恨他的亲属与儿子，所以一点东西也不留给他们。

他是个自作多情的人，每当他结识一个姑娘时，他立即就变成了一头羔羊。

---

[1] 即十四世纪。德米特里·顿斯科伊（Дмитри Иванович Донской，1350—1389）：莫斯科大公（1359—1389）。——日、英、中译者

贵族 Дрекольев[1]。

我想到在我的纪念碑举行揭幕典礼的一天，宫廷侍从们要来参加时，就觉得惶恐万分。

他虽然是个唯理主义者，但是却直认不讳：他喜欢听到教堂的钟声。

父亲，一位有名的将军，无数的名画，华贵的家具；他死了；女儿受过良好教育，可是邋遢不堪，不大读书，骑马，百无聊赖。

他是个老实人，所以没有必要就不撒谎。

一个富商，想在家里的厕所里装置淋水浴。

他一清早就吃"冷杂烩汤"[2]。

"如果你遗失了这张护身符，你就要死。"祖母说。但

---

1 意为"棍子"，此处作姓氏用。——日译者
2 Окрошка：俄国民间菜肴，以克瓦斯煮成的鱼肉、牛肉、胡瓜等冷汤。——中译者

是我忽然找不到它了,长期的忧愁使我生了病,害怕真会死去。可是告诉你吧,怎么样呢?出现了奇迹:那张护身符找到了,于是我就活下来了。

大家认为看了我的戏,立刻会有什么启发,可以得到一些利益,因而蜂拥般地挤到戏院里去。可是我预先声明:我没有工夫和废物纠缠。

人们都憎恶和轻蔑一切新的和有益的事物;当霍乱流行的时候,他们把医生当敌人打死了。另一方面,人们却好喝伏特加。用人们的爱憎来做标准,可以断定他们所爱或所憎的东西的价值。

隔窗看到被抬到坟场去的死者时,我说:"你死了,给抬到坟墓里去了,我呢,却要去用早餐啦。"

捷克人 Вшичка[1]。

一个四十岁的男子娶了个二十二岁的姑娘,她只读过最新的作家的作品,她扎着绿色缎带,偎倚在黄色枕头上睡觉。她深信自己的趣味,简直像法律似的说着她自己的意

---
1 这个姓氏有"长虱子的人"之意。——中译者

见。她虽然是个美人儿，也并不愚蠢，而且温文幽静，但是他离了婚。

当喉咙发干时，会有连大海也可以一饮而尽的气概——这便是信仰；一等到喝时，至多只能喝两杯——这才是科学。

笑剧中使用的人名：Фильдекосов, Попрыгуньев。[1]

在以前，一个正派人，要想做个受人尊敬的人物，会去做僧侣或是将军；但是在今天，却去做作家或是教授。……

决没有一件事物，不被历史所神圣化的。

Зевуля[2] 夫人。

即使是好孩子，哭脸也是难看的；同样，在一首坏诗里，却可以发现那个作者是个好人。

如果你想让女人陶醉于你，你必须做个怪人。我认识

---

1 意为"细棉纱"、"跳来跳去的人"。——中译者
2 这个字是从 зев（打呵欠）造的。这个人名或这个字是契诃夫所发明，它的意思是："有人用打一个长长的呵欠，作为一种生活享受。"——日、英译者

一个无论夏天或冬天都穿着毡呢长靴的人，他就受到女人的垂青。

我到了雅尔达[1]，什么地方都客满。也到"意大利"旅馆去过，依然没有一间空房。"我的三十五号房间呢？""已经住上人了。"住着一个什么太太。旅馆的人说："你愿意和女人同住吗？她倒是不在乎的。"于是我就住到她的房间里。谈话。黄昏时，鞑靼人的导游走了进来。我的头脑和耳朵都嗡嗡发响；我只是坐在椅子上，什么也看不见，什么也听不到……

一位小姐发牢骚："我的哥哥真可怜，只拿这么一点儿薪水——仅仅七千！"

她说："到了现在，我眼睛只看到一件东西了：你那张大嘴！多大的嘴！哦，多么大的嘴！"

马是一种有害无益的动物！为了它，多耕种了许多土地，它使人失去了筋肉劳动的习惯。不单如此，还常常成了奢侈的东西。马把人弄得又懒惰又娇气。将来，马这类东西

---

1 Ялта：苏联克里米亚南岸港市，北依克里米亚山，南临黑海。去雅尔达的妇女们，和鞑靼导游人发生"瓜葛"，是常有的事。——中、英译者

要一匹也没有才好哩!

N是个歌唱家,他碰到任何人都不谈话;他紧紧地封住喉咙——为的是保护嗓子。不过,终于没有一个人能听到他的歌声。

无论碰到什么事情,都是这么断然地说:"这到底有什么意思?什么用处都没有啊!"

他无论夏天冬天都穿着毡呢长靴。他是这样说的:"这是为了让头脑轻快,脚热了血向下流,所以思想也就更加清晰了。"

一个女人被滑稽地叫作费多尔·伊凡诺维奇[1]。

笑剧:N为了要结婚,用广告上所说的软膏来擦他的秃顶,但是出乎意外,头上竟长出猪鬃来了。

"你丈夫在做什么?"
"他在吃着蓖麻油呢。"

---

[1] Фидор Иванович:这是男人的名字,因此显得滑稽。——中译者

一位小姐的信上说:"这样一来,我的家就会忍无可忍地和你府上非常靠近了。"

N早已爱上了Z。Z嫁给X了。结婚两年以后,Z来看N,她哭着,像要告诉他一些什么,N总以为她一定是要告诉他她对于丈夫的不满,聚精会神地倾听。但是她告诉他的却是:她爱上了K。

N是莫斯科著名律师,和Z是同乡,都是在塔干罗格[1]生长的。Z来到莫斯科时,去拜访这个名人,N很高兴地欢迎他。但是Z却想到以前他和N一起上中学的情形,想到N穿着制服的表情,因为眼红他现在的情况,心里很不是味;于是他认为N住的公寓算不得阔气,认为N的话太多了;由于对N所抱的嫉妒心理和连做梦也没想到的自己所具有的卑劣性,他觉得非常懊丧,就辞了出来。

戏剧的题目:《蝙蝠》。

凡是老年人不能享受的东西,不是受到禁止便是被认为是危险的。

---

[1] 塔干罗格是契诃夫的故乡。——中译者

他在年事日高的时候，方才和一个年轻姑娘结了婚。这样，她很快地随着他一起日渐憔悴和衰老下去了。

他一生都是写着资本主义呀、几千百万呀这样的文章，可是从来就没有过钱。

一个太太爱上了一个小白脸的巡警。

N本来是一个非常出色的、时髦的裁缝，但是他被种种无谓的事情弄昏了，不是做出没有口袋的外衣，便是把领口做得过分地高。

笑剧：珠宝搬运公司兼火灾保险公司经理。

可以上演的脚本，是谁都能写的。

乡间的别墅。冬天。生病的N住在家里。有一天晚上，忽然从车站来了个乘雪橇的、素不相识的叫Z的姑娘，她自我介绍，说她是来看护N的病的。N非常惊慌和为难，觉得很不方便而谢绝了。可是Z说：今晚总得让她住在这里。过了一天又一天，她还是不走。她的性格是使人难以忍受的，反而扰乱了N的悠闲的生活。

一家饭馆的雅座上。Z富翁正把餐巾围在脖子上,用叉子叉着鲟鱼,一边说:"为了向这个世界告别,就吃上一口吧。"——那是他很久以来每日都要说的一句话。

Л. Л. 托尔斯泰[1]关于史特林堡[2]以及一般文学的看法,完全和卢赫曼诺娃女士[3]一样。

狄得罗夫[4]每逢谈到省长和副省长的情形,就提出被收录在《俄罗斯文学百人集》里的《副省长的莅任》来,终于成为一个浪漫主义者。

戏剧:《生活——豆荚里的豆子》。

兽医A,出身于人们当中的种马阶级[5]。

---

1 列夫·托尔斯泰的儿子。——日、英译者
2 J. A. Strindberg(1849—1912):瑞典作家、戏剧家。——中译者
3 Н. А. Лухманова(1840—1907):俄国女作家,在小市民阶层中享有声望。——俄文版编者
  俄国最劣等的女作家。——英译者
  俄国第三流作家。——日译者
4 Дедлов:笔名符拉基米尔·留德维珂维契·基更(Владимир Людвигович Кигн,1856—1908),俄国小说家、文学批评家、时事评论家。——俄文版编者
  俄国第三流作家。——日译者
5 种马,即未阉割的雄马,此处喻其非常活泼好闹的性格。——中译者

"我的爸爸连史坦尼斯拉夫二等勋章[1]都拿到了。"

Консуляция.[2]

阳光虽然辉煌,可我的心里却是一片黑暗。[3]

我在S城认识了Z律师。他是个尼卡型的美男子……孩子很多,可是他无论对待哪一个孩子都用教导的态度,温和亲切,决不说粗鲁的话。不久,我知道了他还有另一个家室。他请我参加他女儿的结婚典礼;他做祈祷,俯下身子,低着头这样说:"我还保持着对于宗教的信仰;我是一个信徒。"人家在他面前谈到教育或女人等等,他就显出一副似懂非懂的天真的神色。在法庭上进行辩论的时候,他的脸上现出一种哀求的神色。

"妈,请您不要到客人那儿去吧,因为您实在太胖了。"

恋爱?和人爱上了?哪里有这么回事!我是个八等官。

---

[1] 史坦尼斯拉夫勋章共有三等,是沙俄时期低级勋章之一。——日译者、俄文版编者
[2] 契氏可能将 Кóнсул(领事)与 Консультация(质疑)合并,新造出一个怪词来。——中译者
[3] 此条用于开始写却未写完的中篇小说。——俄文版编者

他好像一个还没有从娘胎里生下来的婴儿，什么事都不懂。

N爱打听事情的嗜好，从小到老一直没有改变。

"应该说聪明话，这就万事大吉了。——所谓哲学……赤道……的那一套。"（在写戏剧中使用）

星星早就消失了，但是庸碌的人们仍然看见它们闪着亮光。

当他将要成为学者的时候，他才开始盼望名位。

一个戏院的后台监督，由于厌倦不干了。从此有十五年光景没有进过戏院。后来他到戏院看戏，感动得直流泪，觉得很难受。回家后，妻子问他看戏的情形，他这样回答："我打心眼里讨厌。"

小使女娜佳，爱上了一个捕捉蟑螂和臭虫的工人。

一个五等官死后，人家方才发觉他曾经为赚一个卢布在戏院装狗叫，他穷。

你一定要有穿戴体面的孩子；你的孩子也一定要有体面的住宅和孩子；而那孩子的孩子，还得要有孩子和体面的住宅。要说到底为了什么吗？——鬼才知道！

Перкатурин.[1]

他每天故意呕吐——因为他依从亲友的劝告：这对健康有好处。

一个官吏开始过一种异样的生活。他在房子上装了个很高的烟筒，穿着绿色的裤子，蓝色的背心，狗毛上染了颜色，半夜里吃午餐。过了一个星期，他过不下去了。

成功早已用舌头舔括了他。

"N穷了。""什么？我听不见！""我说N穷了。""你到底在说些什么呀？我可不懂。你说的N是哪一个N？""娶Z做妻子的那个N呀。""原来如此，那又怎么样呢？""我说总应该帮助他一下了。""呃？说的'他'是哪一个呀？为什么要帮助一下呀？你是什么意思呢？"等等。

旅馆老板开出的账单上有一项是"臭虫——十五个戈

---
1 由"钻头"和"游览"两意构成的名字。——中译者

比"。附有说明。

听着雨打屋顶的声音,感到自己家里没有纠缠不清而又无聊的人上门,独坐在家里,那是多么心旷神怡啊!

N常常这样,喝了五杯伏特加以后,一定要吞一些兴奋剂。[1]

他和女仆已经成了事实上的夫妇了,她还是畏葸地称呼他"老爷"。

我在乡下租了一间屋子避暑,房东是个很胖的老太太。她住在耳房里,我住的是正屋。她的丈夫去世了,孩子也都死了,她一个人孤单单的,养得很胖;她把田庄卖了还债,她所有的家具虽然古旧,但很精致。她常常读着她的死去的丈夫和孩子写给她的信。虽然那样,她却是一个乐天主义者。当我家里有人生病的时候,她微笑着安慰:"先生,上帝会帮助你的。"

N和Z是女学校的一对知心朋友,两个人都是十七八岁

---
[1] 原文为 валериановые капли,是由缬草(Valeriana)制的药酒,是一种神经兴奋剂。——中译者

光景。忽然间，N知道了Z由于自己的父亲而怀孕了。

查玛教士来了……神圣的查……主啊，祝福查吧。……

那些提倡女权论者的言论是多么空洞哪！要是一只狗写了篇论女权的好文章，他们甚至会不认为它是狗。

咯血："什么，那是脓疮破了的关系……不要紧的，再喝一杯吧。"

知识分子是些无用的废物，他们不停地喝茶，信口开河，香烟抽得满屋子都是烟雾，空酒瓶就像树林……

她在做姑娘的时候，就和一个犹太医生私奔了，生了一个女儿；现在她恨自己的过去，恨那个红发的女儿。但是这位父亲仍然爱着她们母女。他生着肥胖的脸孔，在窗下踱步。

他用过牙签，又把它放回牙签盒里。

夫妇因为都睡不着，终于聊起天来了；他们从目前文艺越来越糟的情况，谈到办一个杂志该是很不错的事情。他们都把心放在这件事情上。不久躺了下去,短时间中不再说话。"我们请波波黎金[1]撰稿吧?"他问。"当然,一定要请他撰稿。"清晨五时,他到车房去办公,她踏着雪送到门口,等他出去之后关上了门。"喂,我们是不是也应该请坡泰宾科[2]撰稿呢?"他从边门外问道。

阿列克赛得知他父亲已名列贵族时,他马上把署名改为阿列克西。

一个教师说:"'随着列车的颠覆,伴同了人畜的牺牲。'这种说法不对,应该这样说:'列车颠覆的结果,发生了人畜的牺牲'。这是为了铁路人员的缘故……"

戏剧的题目:《金雨》。

没有一种标准尺度,是可以用来衡量不存在的东西和非人类的东西的。

一个爱国者说:"你知道我们俄国的通心面条要比意大

---

[1] П. Д. Боборыкин(1836—1922):俄国小说家、戏剧家和批评家。——中译者
[2] И. Н. Потапенко(1856—1929):俄国小说家、戏剧家。——同上

利的好吗？我给你证据。有一次我在意大利的尼斯吃到鲟鱼的时候，我不禁哭起来了！"这位爱国者并没有注意到：爱国的只是他的肠胃而已。

牢骚家说："可是火鸡是食品吗？鱼子酱是食品吗？"

一个相当聪明而有学问的小姐。他在她洗海水浴的时候，看见她的盆骨狭小，臀部也瘦得很可怜，他从此就厌恶她了。

时钟。锁匠叶戈尔的钟，好像故意跟他捣乱似的，有时走得不准，有时却又走得很准；当它正在正常地走到十二点时，却又一下子跳到八点上去了，就好像有个魔鬼藏在里面。锁匠为了想寻找原因，有一次把这只钟浸在圣水里观察……

从前小说里的主人公（毕巧林[1]，奥涅金[2]）总是二十岁，但是现在小说里从来不用三十到三十五岁以下的主人公了。不久以后，女主人公的年龄也会随着变更的吧。

---

[1] 莱蒙托夫长篇小说《当代英雄》中的主人公。——中译者
[2] 普希金诗体小说《欧根·奥涅金》中的主人公。——同上

N的父亲是个有名气的人物，他也是个很出色的人物，但是他无论做了什么事，人家总是说："好是好，可是比他的老子差多了。"有一次，他在一个艺术晚会上朗诵，和他一起参加表演的人都获得了成功，可是对于他，人家还是这样说："好是好，可是还是比不上他的老子。"他回家后躺在床上，瞪着他父亲的相片，晃着拳头。

我们为了子孙的幸福，改善他们的生活，疲于奔命，费尽了心力，可是子孙仍然照样会这么说："现在倒不如过去好，现在的生活比过去差远了。"

我的座右铭：我什么也不要。

现在，要是一个老老实实工作的人，用批评眼光看待自己和自己的工作时，人家就会说他是发牢骚，不守本分，是个惹人讨厌的人；可是当那些鬼混的骗子空喊着应该怎样怎样工作时，人家却向他喝彩了。

一个女人要是像男人一般地糟蹋东西，人们就认为这是自然的，大家都可以理解；可是当一个女人要像男人一般地企图或动手创造些什么的话，人们反而认为这是不自然的，是不能容忍的了。

当我和她结了婚，我变成个老婆子了。

他从自己卑劣的高度上来俯视人世。

"你的未婚妻真是个美人儿啊！"
"哪里的话，在我眼睛里看来，所有女人都是一样的。"

他梦想能连中两次二十万卢布的彩票，因为他觉得二十万好像太少了点。

N是个退了职的四等官。他住在乡下，年纪六十六岁，他受过教育，头脑开通，爱读书，也喜欢发议论。他从客人口里听到新上任的预审推事Z一只脚穿拖鞋一只脚穿长靴走路，并且和别人的老婆姘居。N于是时刻想着Z，除过谈他以外，什么也不干；说他如何一只脚穿着拖鞋走路，如何和别人的老婆睡觉。后来，跑到自己妻子的寝室里去睡觉（他已经有八年没有和她同住了），仍然兴奋地谈着Z的传说。结果，他得了中风症，手足瘫痪了；这都是由于Z的事情使他太兴奋的结果。医生来了。这时，他抓住医生还是谈Z，这个医生是认识Z的，告诉他说，Z现在两只脚都穿上了长靴（因为他的足病已经痊愈），而且已经同那个妇人结了婚。

我到来世时，希望能够回顾一下我这一世的生活，说："那是个美丽的梦呀……"

地主N望着管家Z的孩子们——一个大学生和一个十七岁的姑娘："Z一定偷了我的钱，靠着偷来的钱过阔气生活，不论这个大学生或是姑娘一定都知道这回事，或者应该知道这回事：他们为什么过得这么排场？"

她爱"妥协"这个字眼，常常使用。"我无论如何不能妥协"……"一块平行六面体的板子"……

一位世袭的名誉公民奥嘉勃西金，总是想要叫人家知道：他的先祖当然有晋叙伯爵头衔的权利。

"他在这上面，倒是个内行。"
"唉，唉，不能那样说呀，我妈妈是最会挑眼的哩。"

"我这一次是第三个丈夫了……第一个丈夫叫伊凡·马卡利耶契……第二个叫彼得……彼得……我记不起来了。"

作家古伏兹琪科夫自以为很有名，没有不知道他的人。他到C市时，碰见一位军官，军官长久地握着他的手，带着好像很喜欢的样子望着他。古觉得很高兴，也热烈地回握军官的手……后来军官问他："你的管弦乐队情况怎样？你不是乐队指挥吗？"

清晨：N的口髭还用纸卷着。

他认为自己无论走到哪里——走到任何地方，甚至是到车站的餐室里去，也会受到人们的尊敬和崇拜的，所以他常常面带微笑地吃着饭。

鸟在唱。但是在他听来，早已不是唱，而是在哀诉。

在阖家团聚的席上，在大学读书的儿子读着J. J. 卢梭[1]的著作，家长N一边听着，一边在心里想："不过，无论怎么说，J. J. 卢梭胸前总没有挂一块金奖章，而我却挂着一个。"

N带着自己在大学读书的继子到处痛饮之后，结果走到妓院里去了。第二日早晨，大学生因为满了假期，动身走了，N去送他。大学生责备继父的品行不端，说了一大篇道

---

[1] J.-J. Rousseau（1712—1778）：法国启蒙思想家、教育家、文学家。——中译者

理，因此争吵起来。N说："我当老子的要咒你！""我也要咒你这个老子。"

医生是请来的，护士是喊来的。

他装出简直像一座神像似的姿态。

"你在恋爱了吧？"
"对的，多少有点儿。"

H. H. B绝不附和任何人的意见。他说："是的，说这个天花板是白的，这就算是对的罢；然而所谓白色，在光谱中是由七种颜色构成的；因此，就这天花板来说，七色之一可能不是过于明亮，就是过于昏暗；于是也就不能这样定它是白的啦。照我看来，在要说这个天花板是白的之前，还得多思考才成。"

无论发生什么事，他都说："这全是教士们干的。"

Фырзиков.[1]

---

1 这个姓氏有"牲口粗声的鼻息"之意。——中译者

N的梦：他从外国旅行回来了，在韦尔琪波洛夫税关，无论他怎样竭力抗辩，妻子还是被上了税。

那个急进派，不穿礼服吃完饭，走进卧室去时，我看清了他背上的背带。我于是完全明白了：这个唱高调的俗物，是个不可救药的市侩。

以无神论者、宗教亵渎者自居的Z，有人看到他偷偷地在教堂的圣像前跪拜，从此以后，不断地受到人家的冷嘲。

某剧团的经理被人叫作"四支烟囱的巡洋舰"。因为他已经四次烟囱冒过烟（破产）了。

他并不笨，很久以来就用心攻读，而且进了大学，可是他所写的东西，错得一塌糊涂。

娜琴伯爵夫人的养女，越来越少说话了；她胆子很小，除去"不是"或"是"之外就不说别的，手老是簌簌发抖。有一天，一个单身县官看中了她，她就嫁给他了。她对丈夫仍然只说"是"或"不是"，很害怕丈夫，一点也没有爱情。有一天，丈夫用非常大的声音咳嗽了一下，她吓得倒下去死掉了。

她对情夫撒娇:"哦,我的鹞鹰!"

Перепентьев[1]先生。

戏剧材料:"你说点笑话吧,我们在一起生活了二十年,你总是讲大道理,我可已经听厌这些大道理了。"(讲话的是女人。)

一个女厨子吹牛:"我上过女学堂(她嘴唇上衔着烟卷)……我还知道地球为什么是圆的。"

"轮船驳船船锚打捞公司"。这个公司的代表,每逢各种纪念活动就一定参加,学着萨哈洛夫的样子发表即席演说,然后一定吃了饭才走。

超神秘主义。

要是我发了财,一定造一所后宫,里面养一群裸体的肥胖女人,用绿色油彩在这些女人屁股上涂它一阵。

一个胆怯的青年来做客,当晚住了下来。出乎意外地,

---

[1] 人名,有"超过五个"之意。——中译者

有个八十岁光景的聋婆子拿着灌肠器进来，给他洗肠，他认为这是这个家庭的习俗，所以忍受了下来。到第二天早上，他才明白是那个老婆子认错人了。

姓氏：Верстак[1]。

人（农民）越是笨，马就越懂得他。

---
1 意为"工作台"。——日译者

题材·凝想·杂记·断片

……这是多么愚蠢，而且，更重要的，是多么荒谬啊。因为，如果一个人总是吞食别人，或者老是听到一些使他感到不舒服的事，这与格拉诺夫斯基[1]有什么关系呢？

我怀着破碎的和深深被伤害的心情，离开了格里哥里·伊凡诺维奇的家。那些漂亮的辞句和说着它们的那些人，使我非常愤怒。在回家的路上，我这么想着：有些人咒骂一切，有些人抱怨群众的庸碌，有些人又在赞美过去，诅咒现在，喊叫没有了理想，等等。但是，这一切都早在二十或三十年前就已经有过了。这是些已经陈旧了的老一套，现在重复着这些的人，正表明了他已经失去了青春，自己已经腐朽了。埋在去年落叶下面的人，已经和去年的落叶一同烂

---

[1] Т. Н. Грановский（1813—1855）：俄国有名的西欧派思想家和社会活动家，别林斯基同时代人，曾兼任莫斯科大学历史教授。——中译者

掉了。在我看来，我们这些蒙昧无知、思想陈旧、言语无味、头脑僵化的人，已经全然发霉了。当我们这些知识分子正在旧的破烂堆中翻来捡去，并且按照俄国古老的传统习惯互相咬嚼的时候，在我们的周围，正兴起了我们完全陌生和想不到的另一种生活。伟大的事变，会使我们手足无措。你会看到，商人西多罗夫、从叶律兹来的县立学校教师，那些比我们眼界广阔、知识丰富的人们，会把我们撵到生活舞台的后面去。因为他们比我们这些人加在一起都能干。我又这样想，在我们互相攻击漫骂的时候，我们平素喋喋不休的政治自由，现在如果忽然实现了，我们也会茫然无措的；我们会把这种好不容易得到的自由，滥用在报纸上的互相攻击，指摘你是奸细、他爱财如命这些上面去；结果只是向社会证明了这个可怕的事实：我国既没有像样的人，也没有科学，也没有文化，什么也没有，什么都没有啊！像我们现在这种使社会震惊的行为，如果还是这样继续干下去，那就意味着摧残社会的勇气，完全明白地宣布了我们没有社会和政治的意识。我还这样想，在新生活的曙光还未照临以前，我们会变成一些面目可憎的老年男女，由于仇恨曙光，而背过脸去，此外呢，还会首先去谗害和中伤这种曙光……

"妈妈老是叫穷，这可太奇怪了。要说为什么奇怪吗？第一，我们是很穷，固然穷得像乞丐求人施舍一样，但是我们吃得很讲究，住在大宅子里，夏天还去乡下自己的别墅避暑，一般说来，看来我们不像穷人。显然，这一定不是我们穷，而是别的，比穷更坏的原因吧。第二，奇怪的是：十年以来，妈妈把精力都用在想法子寻钱付利息上面去了。我想，如果妈妈把这份精力，用在别的事业上，我们现在一定会有像现在这样大的二十座房子了。第三，我觉得奇怪的是：我们家里最难办的事情都由妈妈一手负责，我毫未参与。对我说来，这是一切最可怕的事情当中最不可思议的事情。妈妈，就像她现在还在说的，她是胸有成竹的，但她也只有到处伸手，卑躬屈膝；我们债台高筑，我直到今天只好袖手旁观，一点也不能帮妈妈的忙。我能做什么呢？我想来想去，什么事都不明白，我最最清楚的只是一点：我们不断地从一个斜坡上往下滚，至于结果如何——那谁又能知道呢？虽然听说：我们会掉进贫穷的深渊里去呀，贫穷是可耻的呀，但这些话我真不懂得，因为我没有穷过啊。"

她们的精神生活和她们的脸色与服饰同样地灰暗无光。她们之所以大谈其科学、文学、潮流，以及诸如此类的东西，不过因为她们是学者和文人的妻子姊妹而已；她们如果是警察局长或者牙科医生的妻子、姊妹，她们也会那样热心地去谈救火与补牙的。就让她们谈她们那种莫名其妙的科学，而且静听着吧，反正这是对于她们的无知的一种应酬。

这一类事物，原来认为是自然而然的，没有什么意义的。所谓诗一般的爱情，会使人想到那同山上的积雪无意识地滚下来压伤人一样，并没有什么意义。但是在听音乐的时候，那所有的一切——既有长眠在坟墓里的人，也有得到长寿变成白发婆婆，而现在正坐在戏院包厢里的女人，这就会使人感到安宁和庄严，感到雪崩并不是没有意义的事情，原来在大自然里没有什么事物是没有意义的。于是，凡事都可以得到宽慰，如果得不到宽慰反而是奇怪的了。

奥莉加·伊凡诺夫娜对于破旧而快要不能使用的沙发、条凳、睡椅的那种谨慎小心的爱护之心，就和她对待老狗老马是一样的。因而，她的屋子和家具养老院没有什么两样，在镜子周围的每一张桌子和每一具橱架上，都放满了多半被人忘记了的人们的向来不受注意的照片，而墙上挂着从来没有人欣赏过一眼的画片。因为只点着一盏覆着蓝色灯罩的灯，所以屋子里常是暗沉沉的。

在你高喊着"向前进"的时候，必须指明所谓前进的是哪一个方向。请你注意：如果不指明方向，把这句话同时向一个僧侣和革命者乱喊一通，那么他们是会朝着完全不同的方向前进的。

《圣经》上说:"父亲们啊,请不要刺激你的孩子啊!"那是说:连对那些品行不好、一无是处的孩子也应该这样。但是父亲们刺激我,刺激得很可怕。于是那些同年纪的人,也不分好歹,盲目附和,学着他们的样;连小孩子们也跟着学样。因此,我常常为了说出好话(但他们听不入耳的话)而脸上挨打。

他们看到婶母脸上从不现出苦痛的神色,认为这是一种本事。

O.H老是在那一带到处走动。这一类女人和蜜蜂一样,总是拣有蜜的地方飞……

不要娶一个富家女——丈夫会给她撑出来的;不要娶一个贫家女——她会使你晚上都睡不安稳。要娶,就得娶个自由自在的、具有哥萨克性情的女人。(乌克兰民谚)

阿辽沙:"一般人常常这样说:'结婚以前是花朵;举行了婚礼,那么——再会吧,梦啊,幻境啊!'这是多么没有意思的废话啊!"

当一个人喜爱梭鱼跳跃的水声时,他是个诗人;当他知道了这不过是强者追赶弱者的声音时,他是个思想家。可是要是他不懂得这种追逐的意义所在、这种毁灭性的结果所造成的平衡为什么有其必要时,他就会重又回到孩提时代那样糊涂而又愚笨的状态。所以越是知道得多,越是想得多,也就越是糊涂。

《婴儿之死》。我刚坐下来得到一会儿安静,——砰的一声,命运之手又来打击我了!

一头神经质而又不安地想念着儿子的慈爱的母狼,从看门人避冬的小屋里拖走了一只"白额"的小狗,它错以为这是一只小羊,因为它很久就知道那里有只绵羊,它有一只小羊。当母狼拖着"白额"逃开时,忽然听见有人吹着口哨,它吓得慌张地从嘴里把小狗抛下,可是那小狗却在后面跟着它来了……一直平安地到了它的窝里。结果,小狗同小狼一起吸它的奶。到第二年冬天,小狗几乎没有什么变化,只是瘦了一些,腿长了一些,额角上的白斑变成了三角形。母狼的身体却衰弱了。[1]

只要是那一类的晚会,邀请来的就一定是些名流们。然而,却非常无聊。因为莫斯科既少有才能的人,而在无论哪

---

1 这是短篇《白额》(1895年)中的一节。——日、英译者

一个晚会中出席的还是那一批人,担任独唱和朗诵的也是那几个角色。

同男性在一起能够这么轻松而自由,在她是头一次。

你等着吧,等你长大了我再教你演说的方法。

她觉得这个展览会里陈列了许多同样的画幅。

在你面前,一队洗衣妇正列队行进。

科斯佳硬说她们自己偷了自己的东西。

拉甫吉夫自居于法官的地位,这样推断下面的事:如果这是一件闯入住宅的案子,却并未发生盗窃情事;是那些洗衣妇她们自己把衬衣之类卖了,把钱喝了酒了。但如果是一件盗窃案子,那么就不会有闯入住宅的情事了。

菲多尔因为被他弟弟看到他和有名的演员同坐一桌,而非常得意。

当 Я 说话或吃东西时,他的胡子动得好像他没有一颗牙齿一般。

伊瓦新一边爱上了娜佳·维施涅芙斯卡雅，一边害怕这个爱情。当看门人告诉他说：太太刚才出去了，可是小姐在家里。他在外套和上衣口袋里摸索了半天，找出一张名片，这样说："很好……"

但是并不很好。当他早晨为了拜访而从家里出来时，他以为这是不得不如此的社交礼节，但是现在看来，他方才明白到自己这样地到这里来，只不过是因为在他的心灵深处隐藏着一种像被面纱掩盖起来的希望：要能见到娜佳才好……因而他忽然觉到很可怜，很悲哀，而且还有些可怕……

他觉得自己心里简直是落过雪一般，什么东西都枯萎了。他害怕自己爱上娜塔霞的那种心情。因为他以为做她的丈夫自己年纪已经太大了，自己的风采也已引不起女人的欢心了；而且想象不到像娜佳这样年轻的女孩子，会专着眼于男子的智力和气质来爱他的。可是有时候，仍然有一种像希望的东西涌上他的心头。但是现在，从那军官的叩响马刺消失了声音的一瞬间起，他的胆怯的爱情也跟着消失了……一切都结束了，再没有希望了……"是的，从此一切都完了。"他想："我快乐，我很快乐……"

他时常这样幻想：自己的妻子不是娜佳；可是，不知为什么，他总是想象着一个用威尼斯细花边短衫掩住鼓腾腾的胸脯、肉体很丰满的女人。

在岛上长官办公室服务的录事们，因为隔宿的酒醉而头痛。他们虽然还想喝些酒，可是没有钱。这怎么办呢？其中有一个录事，原先是个造假钞票的犯人，想出了一条计策。他到教堂里去。在那里的唱诗队里，有一个因殴打长官犯罪而流放到这里的军官。录事气喘吁吁地对军官说：

"来吧，你已经得到赦免了，现在有电报到办公室来了。"

军官面色苍白了，不住地战栗着，因为兴奋过度连脚都踹不动了。

"喂，给你报告了这样的大喜讯，该给我些酒钱呀！"录事说。

"拿去，全拿去！"

于是军官给了他大约五个卢布……军官到办公室来了，他唯恐自己会因快乐过度死去，用手按着心口。

"电报在哪里？"

"会计课收起来了。"（军官向会计课走去。）

大家都哄然大笑，于是劝军官一块儿喝酒。

"哦，多么可怕啊！"

那以后,军官整整病了一个星期。[1]

管理员的内弟费佳,告诉伊凡诺夫说,野鸭在树林那边找食。他把枪上了子弹向森林走去。出乎意外——出现了一只狼,他砰地开了一枪,打断了狼的两腿。狼痛得发狂,并没有看到他。"亲爱的,我能替你做什么呢?"他想着,想着,走回家里来,去叫彼得……彼得拿了一根棍子来,面色凶狠地动手就打狼……打啊,打啊,打啊,一顿棍子把狼打死了……他出了一身汗,一句话也没有说就走开了。

薇拉:"我并不敬重你,因为你这结婚真奇怪,你单是一张巧嘴,却一点都没有兑现……这就是为什么我也要对你保守秘密啊。"

这真叫苦恼:我们本来想巧妙地去解决极简单的问题,反而把问题弄得更复杂了;我们应该找到简单的解决办法。

呃,妹妹,我很幸福,也没有什么不满足,可是如果我再生一次,有人问我:"你想结婚吗?"我会回答:"不想。""你想发财吗?""不想。"……

---

[1] 这是契诃夫在旅行库页岛(即萨哈林)时所得的材料;未用在《萨哈林旅行记》一书内。——日、英译者

不让位给星期二,就没有星期一。

连诺奇加喜欢小说里的侯爵和伯爵,讨厌身份低的人。她虽然喜欢描写有爱情的章节,可是这限于纯洁而理想的恋爱,不能容忍猥亵的描写。她不喜欢自然描写。和描写相比,她爱对话。当她开头读一本书的时候,就性急地常常去看一下结尾。她知道作家的名字却不去记它,她在空白处用铅笔写满了这一类话:"妙极了!""没有比这再好的了!""活该!"等等。

连诺奇加不张嘴地唱着歌。

Post coitum :"我们波尔达略夫家的人,世代都是以身强力壮闻名的……"

他在街头马车中,眺望着在街上走过去的儿子的背影,一边想:"也许这孩子和我不同,他说不定不是属于我这类在龌龊的马车中颠簸的人,而是属于坐着气球在天空翱翔的那一类人物……"

她是个美得会令人害怕的女人,黑眉毛。

儿子一声不响,但是妻子觉得他对自己抱着敌意了,她显然感到了这一点了！因为儿子把话全偷听去了……

女人当中混有多少白痴啊！人们看惯了，所以不大看得出来。

他们常去戏院看戏，常读厚厚的杂志——然而依然是品质恶劣，道德败坏。

娜塔沙："我有生以来没有害过歇斯底里病，虽然我不是娇生惯养的人。"[1]

娜塔沙：（口头禅似的向着她姊妹说）"哦，你变得多么丑啊！哦，你看起来多么苍老啊！"

要活下去总得有点可以寄托的东西……住在乡下只是肉体在劳动，而精神却在睡觉。

别人的罪孽不能使你变成一个圣人。

库利根："我是一个愉快的人，我会用自己的这种性情来影响大家的。"

---

[1] 这段以下的几段，都是《三姐妹》草稿的片断。——日、英译者

库利根:"到财主家里当家庭教师去啊!"

库利根在第四幕里是没有胡子的。

妻子央告丈夫:"不要胖起来吧!"

哦,要是有这种生活:人渐渐都变得年轻了,美丽了,那才好呢。

伊丽娜:"没有父母而生活下去是困难的。没有丈夫也是这样。要对谁去说知心话才好呢?对谁诉说才好呢?和谁一起快乐才好呢?一个人非得好好地爱上一个人不可。"

库利根:(向他的妻)"我想我娶你真是幸福,所以我以为嫁奁之类,不要说是不能说出口,连提一下都是不像话的,对不起你的。别作声,你不要说话……"

军医愉快地参加了决斗。

没有跟班的可真苦恼,随你按多久的铃也不会有人来开门。

第二、第三、第六的三个中队四点钟就出发了,我们这队是正午十二时出动。[1]

……白日里谈着女学校的校风不正，晚上演说了一通世风的堕落腐败，到了半夜里，总结起来就只有用手枪自杀了……

我国的城市生活中，既没有厌世主义，也没有马克思主义，更没有任何一种思想运动，有的只是停滞、愚蠢、无能……

……他渴望着生活。但是，他以为这就是所谓要喝上一杯酒，于是他喝了葡萄酒。

费尔在议会里。塞尔盖·尼古拉叶维契（用哀愁的声调）说："先生们，我们该从什么地方开辟财源呢？我们的镇子很穷呀。"

所谓"闲人"，是在于不自觉地专去听别人说的话，专去看别人做的事；那些工作忙碌的人，几乎是不会去听或去看别人的。

---

[1] 《三姐妹》的草稿片断到此为止。——日、英译者

……在溜冰场上,他在Л后面追赶;他想追上她。这时,他在恍惚中觉得,他想追赶的是生活,那一去不复返的、追不上的、就像要捉自己影子而不可得的同样难以捕捉的生活。

……他和自己来比较一下,方始宽恕了那个医生:"就像自己吃过医生的不学无术的苦头一样,也许自己的错误也在使人痛苦吧。"

……但是,你说奇怪不奇怪?这样的一个市镇,竟会没有一个音乐家,没有一个演说家,也没有一个出类拔萃的人。

名誉治安审判官,育儿院名誉干事——一切都是"名誉"的。

Л好学不倦——说起她的丈夫来,则是个中途困顿的人,既不了解她的心意,也不了解青年人的心情。Ut consecutivum[1]。

---

[1] Ut consecutivum:拉丁语文法上的措辞。——俄文版编者

……他是个温文尔雅的褐色型的男子,留着小小的颊髯,穿着很时髦的衣服;生着灰黑的眼睛、黑色的皮肤。他喜欢谈论捉臭虫、地震、中国。他的未婚妻有八千卢布的嫁奁;据他的婶娘说,她是个最出色的美人儿。他是火灾保险公司等处的不出面的代理人。"你太美丽了,真是太美了,何况还有八千卢布哩!""你也是个美男子,今天我一看见你,就觉得背上发冷呢。"

他说:"地震是由于海水蒸发而起的。"

姓:鹅(Гусыня),小锅(Кастрюля),牡蛎(Устрица)。"如果我要出了国,人家会因为我这希罕的姓氏,发给我勋章的。"

我可不能说是一个(好)美人儿,不过总算是一个还过得去的女人。

日　记

1896—1903

1896年

从邻居 B. H. 谢明科维奇[1]那里听到这样的话：他的伯父是那位有名的抒情诗人费特——洗辛[2]，可是据说路过莫霍瓦耶街的时候，有着一种一定要把马车的窗子拉下来、对大学吐一口痰的习惯，他故意咳出痰来，"呸"的一口吐了出去。马车夫也摸着了他的这种脾气，每次经过大学前面，一定把车停了下来。

正月在彼得堡，住在苏伏林[3]家里。常去拜访坡塔宾

1　B. H. Семенкович：契诃夫在梅里霍夫的邻居。——俄文版编者
2　А. А. Фет（1820—1892）：俄国当时地主贵族阶级的抒情诗人，以"为艺术而艺术"来对抗涅克拉索夫的"为人生而艺术"。——中译者
3　А. С. Суворин（1834—1912）：俄国"御用报纸"《新时代》的主持人，原为自由主义者，契诃夫青年时代颇受他的恩惠；后来随着他的日趋反动，两人渐渐不合，特别是法国犹太籍的特莱福斯上尉的冤狱事件（1898—1899），成为两人在思想和友谊上分离的契机。——同上

诃[1]。也能见到柯洛连科[2]。还常去小剧场。有一天和亚历山大[3]一同跨下外面的楼梯时，正碰到从新时代社来的Б. B.格依[4]，他用盘问的口气对我说："你为什么挑拨老头子（指苏伏林），使他反对勃莱宁[5]呢？"可是我并没有在苏伏林跟前说过《新时代》同人的坏话。固然，我从内心轻蔑他们的大多数倒是确实的。

2月。途经莫斯科时便中往访Л. H. 托尔斯泰。他很兴奋，对颓废派大加辛辣的批评；接连一个半钟点和Б. 契且林[6]进行议论。契且林在这当中给我的印象是——他尽说些蠢话。达吉雅娜和马莉雅两位小姐在用纸牌起卜。她们俩都想用纸牌推测某些事情，要我替她们翻牌，当她们两次都看到黑桃A时，都很悲观了。因为凑巧在一副纸牌里面偶然翻出了两张黑桃A。这是一对使人起好感的姑娘，能够体贴到她们父亲所想到的一切。伯爵夫人整晚说着画家Ге，神色也很兴奋。

5月5日。看守僧人伊凡·尼珂拉叶维契拿来按我的照片所画成的肖像。晚上，B. H. 谢明科维奇带着他的朋友马塔

1　И. Н. Потапенко（1856—1915）：俄国小说家。——中译者
2　Ю. Г. Короленко（1853—1921）：俄国有名的作家。——同上
3　А. П. Чехов（1855—1913）：契诃夫的长兄。——日译者
4　Б. В. Гей（Гейман）：《新时代》的撰稿人。——俄文版编者
5　В. П. Буренин（1841—1926）：《新时代》的杂感家和批评家。——同上
6　Б. Н. Чичерин（1828—1904）：俄国法学家，哲学家。——同上

维·尼卡诺洛维奇·柯鲁波科夫斯基到来,此人原是《莫斯科公报》外事课课长、《事业》杂志的主笔,还是莫斯科帝国剧院诊疗所的医生。给人印象很恶劣,是个蛇蝎一样的家伙。他说:"要说什么最有危险性,那就没有比可恶的自由主义报纸流毒更大的了。"而且据说,要他看病的老百姓,虽然享受着免费治疗,但他还是开口要这样那样的东西和钱。此人和C每次谈到老百姓时,总是显出那种怨恨而讨厌的神色。

6月1日。到瓦加尼科夫墓地去,见到在荷顿加遭难者的坟墓[1]。和《新时代》巴黎特派员 И. Я. 巴甫罗夫斯基[2]相偕至梅里霍夫[3]。

8月4日。塔里琪村的学校[4]举行开学典礼。塔里琪村、倍尔萧夫村、杜倍契涅村、萧尔科夫村的居民们,赠给我四块面包、一尊圣像、两只银制盐碟[5]。由萧尔科夫村的居民波斯特诺夫致辞。

---

1 荷顿加,地名,在莫斯科西北郊外。这一年5月18日,尼古拉二世举行加冕式时,曾有群众一千四百人在这个广野上遭到屠杀。——中译者
2 И. Я. Павловский(1852—1924):塔干罗格人,契诃夫童年时的朋友。——俄文版编者
3 地名,在莫斯科近郊,契诃夫在此置有庄园,为其晚年定居之处。——中译者
4 该校是在契诃夫直接资助和参加下建立的。——俄文版编者
5 俄俗:待贵客赠以面包和盐。——中译者

从8月15日起到18日止，М. О. 孟什科夫[1]寄寓此间。他的作品被禁止发表。他现在不绝地痛骂着盖德布洛夫[2]（他的儿子）。因为盖德布洛夫竟向新上任的出版局长说，不应该为М. О. 孟什科夫一个人而牺牲了《星期周刊》[3]，"对于检查当局的意旨我们常常是在事先就体会奉行的。"М. О. 孟什科夫就是在干燥的天气里，也穿着套鞋；为了避免中暑昏倒而撑着阳伞走路。而且他怕用冷水洗手，唠叨地说着心脏很是衰弱。他离开我这里到Л. Н. 托尔斯泰家里去了。

8月24日动身离开塔干罗格。在罗斯托夫与中学时代友人列夫·伏尔盖斯捷共用晚餐。他当了律师，现在已有了自己的住宅，并在基斯罗伏茨克[4]建有别墅。到纳西契凡一看，真是多么大的变化啊！每条街上都有了电灯。在基斯罗伏茨克于沙福诺夫将军葬仪中遇见А. И. 秋普罗夫[5]。后来在公园中又遇见А. Н. 韦绥洛夫斯基[6]。28日，和西定盖尔男爵去打

1　М. О. Меньшиков（1859—1919）：记者，十九世纪九十年代任《星期周刊》编辑，《新时代》的撰稿人，后面一段关于他的描写，后来被契诃夫作为文学创作素材，写入他的小说《套中人》。——俄文版编者
2　В. П. Гайдебуров：《星期周刊》的编辑。——同上
3　《Неделя》：1866至1901年在彼得堡出版的综合性周刊，初为右翼民粹派的机关报，后成为反动刊物。——中译者
4　高加索温泉地带。——日译者
5　А. И. Чупров（1842—1908）：著名的俄国经济学者，政论家，莫斯科大学教授，数理统计理论的建设者，其中以统计方法论的基础的确率论，对世界有甚大的贡献。——中译者
6　А. Н. Веселовский（1843—1918）：著名的俄国文学史家。——同上

猎，夜间在倍尔玛牟特住宿。极冷。刮大风。

9月2日。在诺伏罗西斯克。船名是"亚历山大二世"。3日，抵费渥德夏，留居苏伏林家。会见画家 И.К.阿伊瓦左夫斯基[1]。他说："你不想使我了解了解这位老爹（指苏伏林）吗？"我想，在他看来，我应当去拜访他。16日，在哈里科夫到剧院看《聪明误》[2]。17日，归家。气候晴朗。

弗拉基米尔·С.索洛维约夫[3]说，他的裤袋里经常装有五倍子。依照他的意见，这是能够根治痔疮的。

10月17日。亚历山大林斯基剧院上演我的《海鸥》，失败了。

29日。赴绥尔普霍伏，出席地方自治会议。

11月10日。得 А.Ф.柯尼[4]来信。他极中意《海鸥》。

---

1 И. К. Айвазовский（1817—1900）：著名的俄国海洋画家。——中译者
2 系俄国剧作家格利鲍耶陀夫（А. Грибоедов，1795—1829）的名剧。——同上
3 В. С. Соловьёв（1853—1900）：俄国哲学家、神秘派诗人。——同上
4 А. Ф. Кони（1844—1927）：著名的俄国刑法学家，但他交往的都是当代名的文学家。著有《回忆录》，是宝贵的文学家的史料库。他又是作家和自由民主派的社会活动家。——同上

11月26日，晚，家中失火。С. И. 夏霍夫斯珂伊前来帮忙救火。火熄后，公爵谈起：有一次他家中于深夜中失火，他竟能拿起有十二普特[1]重的水管扑到火上去。

12月4日。关于10月17日的公演情况，可参阅《戏迷》（Театрал）第九十五号七十五页。我从剧场逃了出来虽属事实，但那是在闭幕以后。当第二幕和第三幕之间，我坐在列夫凯耶娃[2]的化妆室里。幕间休息时，在她的房间里，总有国立剧场的官员们在普通文官制服上挂着勋章跑进来。波珂绍夫[3]挂着安娜勋章。警察局的年轻漂亮的官员也在其内。——一个人如果被自己所不相配的工作——例如说：被艺术所吸引了，当他做不成一个艺术家时，就只好去做官了。因此，穿起官员的制服而寄生在文学、戏剧、绘画周围的人可真不少啊！没有生活意义的人，不适于生活的人，除去做官也就没有别的路了！我看到在化妆室里的肥胖的女演员们，对官员们应酬得无微不至，献殷勤，做媚态（列夫凯耶娃说波珂绍夫很年轻就戴上了安娜勋章，所以不胜敬仰），那情形好像是在农奴时代，一个老年而有名声的管家婆的住处出现了老爷一般。

---

1 普特：俄重量单位，合 16.38 公斤。——中译者
2 Е. И. Левкеева（1851—1904）：阿列克山特林斯基剧院演员。《海鸥》首次公演，是她的纪念演出。——俄文版编者
3 В. П. Погожёв：彼得堡皇家剧院经理。——同上

12月21日。列维坦[1]生了大动脉扩张病。胸前装上了黏土。明朗的习作画和燃烧般的生之欲望。

12月31日。风景画家 П. И. 谢辽庚来。

1897年

1月10日至2月3日,从事人口普查工作。我充当第十六区的计算员,负指导这个巴纹金乡选出的另外十五个计算员的责任。除去史塔罗恩派斯基教区的教士和地方自治会议主席珂里亚斯金(他是人口普查区长)以外,大家都很努力地工作。珂里亚斯金在普查期间几乎都住在塞尔普霍夫,每天在那里的俱乐部吃饭,打电话给我说是生了病。据说,不单是他,连我们这个县的地方自治会议的议员们,也什么事情都没有做。

像 Н. С. 列斯珂夫[2]、С. В. 马克西莫夫[3]这样的作家,我

---

[1] И. И. Левитан(1861—1900):俄国风景画家。巡回展览画派成员之一,作品多表现俄罗斯大自然,用笔洗练,色彩明丰富,对后来俄国风景画发展有很大影响。——中译者
[2] Н. С. Лесков(1831—1895):俄国小说家。十九世纪俄国文学新形式的试创者。代表作为《僧院的人们》,高尔基称他为"纯粹俄罗斯"的作家。——同上
[3] С. В. Максимов(1831—1901):俄国文艺家、人种志学者。作风和列斯珂夫相似。——同上

们的批评界是不会称赞他们的……奥斯特洛夫斯基[1]从来没有被彼得堡的观众和批评界中的大多数头面人物称赞过，果戈里[2]也没有引得他们发笑。

在"有神"与"无神"之间，隔着广大的空间。真正的智者，能够冲破巨大的困难而前进。俄罗斯人都知道这两个极端之中的一个，但对于这中间却毫无兴趣。因此，普遍地造成了俄罗斯人的全然无知或者非常地无知。

对于犹太人轻率地改变宗教信仰，许多人认为这是由于他们对宗教漠不关心所致，因此宽恕了他们。但这不能说是正确的观察。对于自己对宗教的冷漠态度，应当尊重和坚持，因为高尚的人也有对宗教持漠不关心态度的，而这也终究是一种信仰。

2月13日。应邀赴В.А.莫罗左娃夫人处午餐，在座的是邱普罗夫、索波列夫斯基、布拉兰倍尔格[3]、萨布林[4]。

---

[1] А. Н. Островский（1823—1886）：俄国剧作家。代表作为《大雷雨》、《没有陪嫁的女人》等，对俄国现实主义文学形成和发展影响很大。——中译者

[2] Н. В. Гоголь（1809—1852）：俄国作家。代表作为《外套》、《钦差大臣》、《死魂灵》等，对俄国现实主义文学发展有很大影响。——同上

[3] А. И. Бларамберг：俄皇亚历山大二世的非皇族妻子尤里也夫斯卡娅（Юрьевская）王妃领地上的总管。——俄文版编者

[4] М. А. Саблин（1842—1898）：《俄罗斯公报》编辑部成员。——同上

2月15日。索尔达兼珂夫[1]的狂欢节茶会。出席者仅有我和戈里采夫[2]二人。好画虽然很多，但任何一幅都挂得很不得体。茶会完毕后，大家都到列维坦家里去。索尔达兼珂夫用一千一百卢布买了一幅画和两幅草图。认识了画家波列诺夫[3]。夜往访奥斯托乌莫夫教授[4]。他说，对列维坦来说，"难逃死亡"。教授自己也正在生病，样子很萎靡。

2月16日。夜，相聚于俄国思潮社，大谈有关民族戏剧问题。大家同意谢赫捷尔[5]设计的草案。

2月19日。在大陆饭店举行的大改革（农奴解放）纪念的午餐会。很无聊而可笑。吃午餐，喝香槟，吵吵嚷嚷，演说尽是些人民的自觉呀、人民的良心呀、自由呀等等。另一方面，一些穿燕尾服的奴隶，照旧是农奴，围绕着饭桌谨慎小心地侍候着。在街上2月的寒空下，让车夫等待着……这简直可说是骗鬼的玩意儿。

---

1 Солдатёнков：莫斯科出版家。——日译者
2 В. А. Гольцев（1850—1906）:《俄国思潮》杂志的撰稿人、记者、编辑。——俄文版编者
3 В. Д. Поленов（1844—1927）：俄国风景画家，风俗画家。——同上
4 А. А. Остроумов（1844—1908）：内科医生，莫斯科大学教授。——同上
5 Ф. О. Шехтель（1859—1926）：法国人，大建筑师，画家，契诃夫的朋友。——同上

2月22日。到赛普霍夫去看为诺伏塞里斯卡耶学校募捐而上演的业余人戏剧。一直把我送到察里津的格涅莱-奥塞罗娃是一个令人感到像是失宠的小王妃似的女人。——这是一个自傲的女演员,无教养,多少有点儿俗气。

3月25日至4月10日,躺在奥斯托罗乌莫夫的疗养院里。咯血,两个肺都有痰喘声、漏气声,右肺尖钝化。

4月28日。Л. Н. 托尔斯泰来访。谈到不死的问题。当我谈到诺西罗夫的短篇《伏格尔族的戏剧》的内容时。他现出非常满意的神气倾听。

5月1日。伊凡·谢格罗夫[1]来访。照例对茶和午餐表示了感谢,讲了些道理,担心误了火车的时间,不绝的饶舌,像果戈里的梅裘叶夫似的,唠唠叨叨对妻子说话,要她读自己写的剧本清样而一页一页地递了过去。他大笑着,痛骂把托尔斯泰已经"囫囵吞下"的孟什科夫,他说:若是史塔秀列维契(当时的自由主义者领袖)当了共和国大总统,前去阅兵的时候,一定要把他打死,又是大声的笑,口髭上满沾着汤,吃得很少——不过,终究还是个善良可爱的人。

---

[1] И. Л. Щеглов(Леонтьев)(1856—1911):俄国作家,契诃夫密友。——俄文版编者

5月4日。修道院的教士们来做客。达夏·牟西娜-普西基娜来访。她是在打猎中被误杀的技师格列鲍夫的遗孀。她像一只蝉,给我们唱了许多歌。

5月24日。到契尔科伏去,在两个学校举行考试——契尔科伏学校和米哈伊洛伏学校。

7月13日。由我资助而设立的诺伏萧尔基学校举行开学典礼。农民送来了刻有题词的圣像,地方自治会议的当局里一个人也没有来。

画家勃拉兹为我画像(是为了特莱却珂夫美术馆的缘故),每天要坐上两次。

7月22日。得人口普查功绩奖章一枚。

7月23日。到彼得堡,住在苏伏林客室里。遇见 В.吉洪诺夫[1]。他嘟哝着得了歇斯底里症,自己称赞自己的作品。会见 П.格涅杰契[2]和 Е.卡尔波夫[3]。卡尔波夫学着黎金所扮

---

1 В. А. Тихонов(1857—1914):俄国作家,《北方》杂志编辑。——俄文版编者
2 П. П. Гнедич(1855—1927):俄国作家。——同上
3 Е. П. Карпов(1859—1926):剧院导演。——同上

演的西班牙贵族的风度给我看。

7月27日。到伊凡诺夫街的黎金家去。二十八日到莫斯科。俄国思潮社的沙发上有臭虫。

9月4日。到巴黎。Moulin rouge[1], danse du ventre[2], 有小房间的 Café du Néon[3], Café du Ciel[4], 等。

9月8日。在俾亚利兹。B．M．索波列夫斯基和 B．A．莫罗左娃来。住在俾亚利兹的无论哪一个俄国人，都叽咕着这里的俄国人太多了。

9月14日。巴云。Grande course landaise[5]。斗牛。

9月22日。从俾亚利兹经托尔兹去尼斯。

9月23日。尼斯。投宿于 Pension Russe[6]。与马克西姆·科瓦列夫斯基（有名的文化史家）相识。承他在卜柳

---

1 法文："红磨坊戏院"（巴黎名剧院）。——中译者
2 法文：肚皮舞。——同上
3 法文："霓虹咖啡店"。——同上
4 法文："天堂咖啡店"。——同上
5 法文：在兰登的大赛马。——俄文版编者
6 法文："俄罗斯膳宿公寓"。——中译者

寓所以盛馔相待。同席者有 Н. И. 犹拉索夫与画家耶珂勃。去蒙特卡罗。

10月7日。间谍的自首。

10月9日。看到巴斯基尔捷瓦娅的母亲[1]正在赌轮盘赌，觉得很不愉快。

11月15日。蒙特卡罗。看到管赌注的人在蒙混赌款。

1898年

4月16日。巴黎。相识 М. М. 安托科利斯基[2]。于是洽谈有关彼得大帝纪念碑一事。

5月5日。归家。

5月26日。索波列夫斯基来梅里霍夫。顺便记一下：巴黎虽然经常落雨而又寒冷，但我在这里毫不寂寞地过了两三个星期。出去的时候，跟马克西姆·科瓦列夫斯基同

---

1 即玛丽娅·康斯坦丁诺芙娜（Мария Константиновна，1806—1884），俄国女画家。——俄文版编者
2 М. М. Антокольский（1843—1902）：俄国雕刻家，犹太人之子，彼得大帝像是他的杰作之一。——中译者

道。认识了各式各样有趣味的人物：保尔·波瓦伊叶、阿尔·罗尼、蓬尼、马特维·特莱浮斯、德·罗倍尔蒂、瓦列塞夫斯基、奥涅金。还有 И. И. 秀金家的早饭与午餐。[1] 乘 Nordexpress[2] 离巴黎，从此又转到莫斯科。到家的时候天色晴朗。

神学校式粗鲁的好标本。某天的午餐席上，批评家普罗特波波夫[3]走到马克西姆·科瓦列夫斯基[4]一桌的跟前来，碰着杯这样说："我们为科学而干杯，但只限于它尚未危害人民的时候。"

---

1 保尔·波瓦伊叶（Paul Boyer）：法国学者，语言学家，研究俄文的专家。阿尔·罗尼（Art Roë）：法国军事著作的作家，帕特利斯·马翁（Patrice Mahon）的笔名。蓬尼（Bonnie）（加斯东 Гастон，1853—1922）：法国学者，植物学家。马特维·特莱浮斯（Матвей Дрейфус）：阿尔福来德·特莱浮斯（Альфред Дрейфус）的弟弟。乃兄在 1894 年被法国反动军阀诬陷为间谍判罪。М. 特莱浮斯在 1896 年发现爱斯捷尔加齐（Эстергази）是德国间谍，向法院提出最后的上诉，但军事法庭却宣告真正的罪犯无罪。德·罗倍尔蒂（Де Роберти Евгений Валентинович 1843—1915）：社会学家，在巴黎的俄国社会科学高等学校教授。瓦列塞夫斯基（Валишевский Казимир 1849—1935）波兰历史学家和作家。奥涅金（А. Ф. Онегин [Отто]）：普希金手稿的收藏家和这方面的专家。秀金（И. И. Щукин 1862—1908）：文献学家，教授，在巴黎的俄国社会科学高等学校创始人之一。——俄文版编者

2 法文：北方快车。——中译者

3 М. А. Протопопов（1848—1915）：俄国文艺批评家、政论家。——俄文版编者

4 М. М. Ковалевский（1851—1916）：俄国法律学家、历史学家和社会学家，稳健的自由主义者。1897 年他被莫斯科大学开除教授职称，侨居巴黎。——同上

1901年

9月12日。访问列夫·托尔斯泰。

12月7日。与Л. Н. 托尔斯泰用电话交谈。

1903年

1月8日。《历史时论》的1902年11月号上,有一篇 И. Н. 扎哈林写的《七〇年代中的莫斯科演剧生活》的论文,在这篇论文中说,我已将戏剧《三姐妹》推荐给演剧文学委员会,这话是失实的。

补 遗

1891—1904

江礼旸 译

伊凡不喜欢索菲娅,因为她发出一股苹果味。[1]

我试着在车厢里适应写作。还算好,终于写出来了,虽说不太好。

伊凡不尊重妇女们,因为他把纯真的本性当作妇女独有的。如果你描写妇女们,那么就不得不写爱情。

为公益服务的愿望一定要有心灵上的需要、个人的幸福为条件;如果不是这样,而是来自理论上或其他方面的情

---

[1] 据俄文版《契诃夫全集》原注,这一条和下面好几条文学备忘录,后来都用进了小说《三年》。伊凡(伊伐申)同拉普捷夫有某些相似之处。О. И 兄弟即巴纳乌洛夫。——中译者

由，那就不可能有这样的愿望。

当О. И兄弟喝酒的时候，她的脸上显现出极其愉快的表情。

О. И兄弟喝的只是一种香槟酒；他所喜欢的，并不是各式各样的烟嘴烟斗和形形色色的烟丝；他喜欢茶杯、金属的玻璃杯托、领扣、领带、手杖、香水之类的东西。

不幸的是，死亡在人生中不是偶然的凑巧，也不是什么重大的事件，而是很普通的东西。

因为气候、智力、精力、趣味和观察力的差别，人和人之间是永远谈不到有什么平等的。因为不平等才应该把自然法则当作确定不变的规律。但我们能使不平等变得不易觉察，正像我们把不平等视为雨或狗熊等寻常之物一样。这里，文化教养是起主要作用的。

一个学者能有母猫、老鼠、小鹰和一盘子的松鼠。[1]

这里靠近森林，森林里很凉快，他和符拉索夫一起去，

---

[1] 《三年》。——俄文版编者

还歌唱:"不恋爱就意味着年轻生命的死亡。"[1]

为了留下同"Инсипидка"[2]在一起,伊伐申只好熄灭了一切发火栓,而不能抽抽烟卷。那个女人是医生的未亡人。[3]

在俄国的下等饭馆里,干净的桌布也发出一股臭气。

在田野里刈割、剪枝、生病。[4]

我不想用这种能力去干坏事,她却偏偏给我这种能力。

接受五卢布八十四戈比对于尔谢夫斯卡娅寄宿学校饥饿的女学生来说是有利的。[5]

除了普通的机械运动外,您的物理学要修改。

由于妒忌而得了斜眼病。[6]

---

[1] 《邻居》。最后编辑把"符拉索夫"的姓氏改成"符拉西契"。——俄文版编者
[2] 法文 insipide 的音译,意即"荒谬绝伦的人"。——同上
[3] 《三年》中拉普捷夫和拉苏金娜的事。——同上
[4] 《妻子》。——同上
[5] 这条记述了在该校任教的 М. П. 契诃娃捐款的事。——同上
[6] 杂感《在莫斯科》。——同上

教堂执事的儿子有一条狗名叫辛达克西斯。[1]

越怕他,就越要拍他的马屁。

弟弟想当市长。他来拜访我,胸前挂着巴勒斯坦协会的证章、大学校徽和不知什么勋章,活像一个瑞典人。

父亲和弟弟一向认为,他们的儿子和哥哥不是同理所当然的那个人结婚。他们从来都不喜欢那个妇女。

弟弟出钱投资克里米亚的酿酒业,葡萄酒又甜又酸。

他的吃醋对象并不是把他老婆弄到剧场和音乐厅去的那个大学生,而是他老婆所喜欢的演员兼歌唱家。

丈夫喜欢姘头生的两个女孩子,远远胜过喜欢自己名正言顺的孩子萨莎和索娅。[2]

每天晚上,弟弟都到医生俱乐部去玩。

---

[1] 据原注,这条写进了《主教》。教堂执事的儿子后来改成了教师。辛达克西斯(Синтаксис)来自希腊文 syntaxis,意为"句法"。——中译者
[2] 上面七条,原是准备写进《三年》的,后未写进最后校订稿,索娅改名为"丽达"。——俄文版编者

父亲当上了督学，弟弟在同教师说话时就打官腔。父亲是长官，唱诗班的歌手就怕他。

东南方是尼谢戈罗德城郊的一部分。户籍簿上写的是八千人，实际上总共近两万人。一个乡里也不平衡：中等收成的人，再加上一点外援，才够吃到夏天；这是最小的乡。那里是沙土地，老是下雨。

冬小麦完全没有长出来，这还是大家用政府那里得来的救济粮播的种。因为体力不胜，租来的土地没有种上。娜留斯金娜·巴里茨佳村的土地，因为种子不够，只种了一些份地。女地主娜留斯金娜对农民提出诉讼：每天要征收租金和违约金五十戈比。有一天，县长叶果洛夫判决：除了违约金以外，还要征收租金，分三至四年还清。还要召开农民大会。

春种作物的生长约在1、2月份，所以从头年10月起就应该有救济。春种的庄稼要靠那些救济来培养呢！

收成总是相当好的。农民们耕种着自己的份地和租金颇高的租地，所有的农民都是这样。1889年没有收到黑麦，1890年的春播作物没收到，而1891年什么也没收到。重要的是土豆种得很少。

10月里约有四百人到叶果洛夫那儿去请求发救济。丈夫、妻子、母亲和五个孩子好几天喝的只是野菜羹，步行二至五天来找叶果洛夫——那是很平常的事。我亲眼看到庄稼汉带着婆娘冒着风雪走八俄里路来请求救济。

在不到二万人中没有领取救济的只是那些有钱的、能买得起面包的殷实的农户，那是为数不到二百人的富农。其余，每人领到三十磅面粉。到元旦为止才满两岁的婴儿仅领二十磅，更小的孩子就领不到了。三十磅面粉是不够的，当4月里野菜都吃完时，土豆和调味品就将完全不够了。

教会当局至今还不肯发给救济。对个别人的资助——七十五卢布、五十二普特面粉由地方自治会发给；而五十二普特的面包干则是官方正式发给的。非官方的资助不超过二十五卢布。个别资助是补助那些偶尔没列入名单的和看来三十磅面粉不够的人。贷给三十磅面粉，就得用面粉或钱来归还，这可是人们所不知道的。可以不还的只是个别资助。独身老人和孤儿每人发给十至十五磅面粉可以不还，这是地方自治会从财主和资本家那里募集来的；而这些孤苦无告之人是得不到政府的贷款的。

总共十四所学校，每个学生得到三戈比的救济。叶果洛夫把面粉和小麦卖给他们聊以充饥。这救济是普及初等教育协会提供的，从12月份起开始供应。用伙食费来管理男女教员和教士的就是协会督察叶果洛夫。

两千普特面粉从县里的仓库运到叶果洛夫的货栈，是按减价出售的。开头是每普特一卢布二十五戈比，接着是一卢布三十五戈比,后来是一卢布四十五戈比;当市场上卖到一卢布四十五戈比时,这里还只卖一卢布三十五戈比,现在也卖到一卢布四十五戈比了。买的人不少,但面粉已经不多了。当卖到还剩千把普特时,就零售给学校了。昨天,君士坦丁堡[1]的乡村市场上的面粉,每普特要一卢布六十戈比。

粮食没有了;慈善家们为了筹集粮食,乘车蜂拥而至,但过后留下的只是一片饥饿的惨景和不满。

也没有豪饮。自然状况:在卡季比托夫,农民把卖了奶牛所得的三十三卢布都拿去喝酒了,而全家人却还挨着饿。很少有人结婚,因为结婚要借很多债。农民对教士说:"我很想给儿子成亲……能不能用救济金来抵债呢?"不讨老婆更要破产。宗教节日也不庆祝,也没有人唱歌。

要是谁只有一份按人头分配的份地,他也许没有马就能对付过去;如果有三五个人的份地,又请人帮助耕地,那么,没有马他就完了,那就意味着"农业的毁灭"。但即使有了马,他还是逃不过贫困。因为救济的粮食既要给人吃,又得用来喂马。马匹当然得不到救济。不论是干草、麦秸,还是谷糠以及别的什么饲料,都非常缺乏。马匹从12月半起就开始涨价。如果到了春天还不能开荒种地,那就彻底毁灭了,一家两三代人都得沦为雇农。所以手中掌握了马匹,

---

[1] 君士坦丁堡(Constantinople),土耳其黑海沿岸城市伊斯坦布尔的古称。——中译者

就好比猫逮住了老鼠。要买马，就必须卖掉奶牛和绵羊，小农户往往因此而破产。马匹是那么疲劳困惫。农民们从尼谢戈罗德运来救济面粉，走七十俄里到杜帕基·塔莫士尼克村，卸下粮食，空车离开，因为马再也拉不动了。

当春天到来开始田间作业时，疲劳而饥饿的农民首先是没有力气干活了，其次是只好躺下睡觉。

——签署在斯沃博金募捐簿第28页[1]

弟弟想当市长，后来又想当副省长或者省长，最后甚至想当部长助理。他想：我写一篇爱国主义的文章，呈到莫斯科部里去发表，上峰读完这篇文章，一定会任命我当省长的。

莫斯科的这些关于爱情的谈话对于他来说，似乎都是无足轻重、索然无味的；仿佛他突然读完一本伟大的作品，而发现面临的现实生活中，一切都是黯淡的、苍白的。对于这一点，他才认为是重要的。

---

[1] 1892年1月，契诃夫到歉收的灾区——尼谢戈罗德省（Нижегород）去，他在那里协同世交——县长 Е. П. 叶果洛夫做一些救灾工作。这一条札记是在汇集、综合当时当地情况的基础上写的。斯沃博金（Павел Матвеевич Свободин 1850—1892）：阿历克山特林剧院（Александринский Театр）的演员，契诃夫的密友。同对自己的其他好朋友一样，契诃夫也为他在救灾募捐簿上亲笔签名认捐。——俄文版编者

柯斯佳自己不会唱歌,既没有嗓子,听觉也不灵,但他喜欢举办演奏会,买了票子去听音乐,还去同音乐家拉关系。

我们常常企望的是,当我们被别人爱上的时候,要能够保持常态,不失体面。恋爱会告诉一个人,他应该成为怎样的一个人。[1]

老人们都是些饕餮之徒。

当他和他那举止文雅、穿着黑裙子的太太在出发前同他妹妹告别时,他的思想混乱而沉重,他终于不得不和年轻的太太坐到火车包厢里去。

基施是一个固定的、终身的大学生。

她对雅尔采夫说:"您真是一件衬衫[2]。"

弟弟为人民而写作。

---

1 以上三条:《三年》。——俄文版编者
2 Рубаха 一词在俄文中兼有"衬衫"和"率直而纯朴的人"之意,这里语意双关。——中译者

他想起，最近一段时间，他的心情从来没有好过。

姐姐死后，我就给姐夫寄钱。

住在仓库里的孩子们被毒打。

他竭力打听，大公司的百年纪念会什么时候举行，为的是到那时他可以为贵族跑跑腿。

她的穿着都是莫斯科式的，还到莫斯科去学习，而这一切都是为了取悦于他。

妹夫在晚饭后说："在这个世界上，什么都有个尽头。要懂得这一点：如果你爱上了谁，你就将痛苦、犯错误、后悔莫及；如果你失恋了，要知道，这一切就将化为乌有。"头发斑白的妹夫有个情妇。想当年他还是个很俊的美男子呢！

妹夫不大喝酒，甚至什么也不喝。他不喝酒，但却把钱花光了。

他结婚时来找我借钱。但我很清楚，这钱他只有到来世才能还我。你们都喜欢我弟弟，可是这么一来，我只好痛苦地来看你们了。[1]

萨沙对于索娅总是扮演长辈的角色。

他应该和她结婚,而不应该和另一个女人结婚。她不喜欢饭馆。她强迫他喜欢音乐,而他以前对此是很冷淡的。

她绝望地说:"我已经失去了你。我很清楚地感觉到:我已经死掉了。"

雅尔采夫想娶X为妻,为的是给她一个老年的庇护所。她考虑到这一点,也答应嫁给他了。

她绝望地说:"你的眼睛在哪里?"

柯斯佳谈到索娅时说:"她将成为一个绝妙的悲剧女演员。"

基施是一个忠厚而无用的人。他绝不是一个有才干的

---

[1] 以下九条,都是用软铅笔写的,褪色很厉害,大大增加了阅读时的困难。首次出版的《契诃夫全集》中,才连贯地发表了这两页原稿。这些札记都是为中篇小说《三年》而写的,其中部分定稿后来发表在杂志上。——俄文版编者

人。托他办事往往都不能准确地完成。

他以为自己精通艺术和古典文学的风格，所以可以任性而为了。他以内行的眼光盯住一幅画反复细看，这时，古董商暗暗笑他不学无术，很轻蔑地问他，这样的画他想要多少。有时，他在别的展览会上或商店里，也同样地盯住油画、版画、琐碎的小玩意儿看个不停，并突然买下什么废物以及粗制滥造的小镜框，来冒充收藏家。

收到一封弟弟写来的长信：写到健康的重要性，写到各种疾病对心理的影响，但却没有一个字谈到正事，谈到莫斯科。给人留下一个烦恼的印象。[1]

柯斯佳在索柯尔尼克[2]陶醉地说："大自然啊，拥抱我吧！这一切令人多么心旷神怡，让我丢掉轻便马车，乘上有轨马车[3]回家吧。"

委托家庭教师上图书馆去。她在每一本书上都写上："这本书谈到这个那个问题。"多么愚蠢。她不会向萨莎讲清

---

1 以下七条：《三年》。——俄文版编者
2 Сокольники：地名，意为"饲鹰者"。——中译者
3 电车、汽车发明前，都市里在铁轨上行驶的马车。——同上

楚每本书的区别。

基施在争论什么是社会主义时说：

"就是说，如果没有钱，大家都只好到小店里去赊账吗？"

当大家派他去赊两张安乐椅时，他却不知为什么去拿了一张床来；还到商店里买了小吃来，请大家把干酪和香肠一片片切开。

Vol au vent.[1]

基施每逢星期六都到所罗门斯基马戏团去。

他所高兴的是，未婚妻是个有神论者，她有坚定的见解和信仰；而一旦成为妻子，这个坚定性就会把他害苦了。

妹夫拼命地追求别人的妻子，他对她说："你应该有一个情夫。"[2]

她在莫斯科结识了不少新朋友。相见之下，她想：莫斯

---

1 法文：鱼肉、香菇馅的酥饼。——俄文版编者
2 以下七条：《三年》。——同上

科竟有这样丑陋的男人!

妹夫说:"要知道,忠贞不渝的女人是没有的。但是,这并不说明什么。谁也不会因此而受到什么损害。"

在包厢里妹夫对一位太太说:"但是,您怕什么呢?这里有什么可怕的东西呢?难道您想离开这里吗?"

他对这种情况是很有经验的:如果女人表示害怕、抗议或者苦恼,那就是说,他可以对她献殷勤,也许还会得手;如果她对他的纠缠表示冷淡,甚至反唇相讥,那就标志着,他要自讨没趣了。

索娅的弟弟对她说:"你求过上帝了吗?"

柯斯佳对基施说:"不管在什么情况下,你都同样冷漠无情,就像一只贝类动物!"

她说:"我真不懂,为什么要把我同著名的音乐家相比?这同著名的音乐家有什么关系!"(表示怨恨)

如果你是在为现在而工作,那你的工作总是离不开琐碎小事的；即便仅仅顾及将来，也必须工作。将来的生活也是为现在的人们的，除非在天国里，人们总是希望未来。

俄罗斯严酷的天气使人们拥有卧式壁炉和马马虎虎的衣着。[1]

柯斯佳动身去美国看展览会了。

柯斯佳在上课时对小姑娘们说："老实说，洪水是没有的。"

女家庭教师是经基施介绍而受聘的。基施向主人介绍说，这是一位多么聪明、文化程度多么高、多么富有同情心的小姐。

主人同总管的谈话：
"我们的生意不大兴隆，是吗？"
"绝没有这回事。"

交响音乐会开过以后的第二天，电报来了：
"为了神圣的一切，到我这儿来吧。"他立刻赶到她那儿

---

[1] 以下二十四条：《三年》。——俄文版编者

去。她说:"你生我的气了吗?……没有吗?"

仅仅为了这事,就打电报把他召来了。

买卖兴隆,却没有会计。

庄稼人没有什么特殊的智慧,也没有什么才干,他只是因为偶然的机缘当了商人,后来又成了小财主,日逐一日地做生意,变得头脑机械,刚愎自用,在伙计头上称王称霸,对顾客则讽刺、嘲弄……

经纪人、德国人、英国人都到仓库去,一个衣衫褴褛的知识分子,被人叫作"小矮子"的,也去了,他曾经翻译过外国新闻稿。

"为了做好生意,就像你们这些无人照管的、备受欺压的伙计们也需要在孩子们中间培养起对宗教的信仰,要强令他们到教堂里去,肃立鞠躬。"

"也许你从自己家的仓库里给大学生带点什么东西去吧!"

"大学生们什么用处都没有。"

"不对!胡说!"

妹妹在离别时说:"如果上帝不赐福,我死了以后,我的小女孩就回到自己家里去。"

深为感动的妻子说:"啊,我答应你!"

父亲的眼睛终于瞎掉了。弟弟也病了。他俩到诺沃-特洛伊兹的下等饭馆去。他们议论道:

"伊凡·瓦西里耶维奇,我们的生意究竟情况如何?"

"一切取决于股票的涨落。"

"你倒说说看,什么叫股票的涨落?"

"就是买主不想付账。"

听到弟弟生病的消息,他开始哭起来。弟弟年轻时倒是个出色的人。奇怪的是,这个聪明的胆小鬼害的是自大狂。

她爱我,为的是钱;也就是说,我最不自爱。

老头子是自高自大的。他一说起萨沙和索娅这对亲兄妹,就说:"那是闺儿子。"

当她回到故乡的小镇小住几天时,老保姆偷走了她二十五卢布,而这位保姆曾是她童年时很信任的人,这件事使她怅然不已。

老伙计伊凡·瓦西里奇·波洽特金是在卡赛拉村出生的。年迈以后,他当上了代理村长。

兄弟俩不开收条就从银箱里拿走了钱。

从父亲那里要钱很难为情,从银箱里拿走倒不要紧。

还清债务以后一定要到熟人家去玩玩,并为四个职员谋求位子。

女人是不能长期处于没有恋爱对象的地位的,所以后来X就和雅尔采夫同居了。

索娅和孩子都患了白喉。孩子死了。她哭着跑到柯斯佳的寓所去。

妹夫在车厢里接了吻以后,把这件事讲给土耳其总督听,这位总督大人正是将女子馈赠给他当妻妾的。

基施用喉音讲话。

我爱您是因为您聪明,有思想;要知道,她却完全是为了钱呀!

演员:"但是,为什么只有您一个人呢?""他怎能把您一个人留下呢?"(她怀孕了)

"他回俄国赚钱去了。"[1]

喔!如果能给自己买来漂亮和机智!如果既善唱又雄辩![2]

索娅觉得餐车的空气中充满了男人们的烟草味,她把所有的男人都称为放荡的人,每一分钟都能投入她怀抱的人。

他认为她是聪明的、严肃的小姐,所以令人惊讶地向她求婚。

妹夫(把报纸放在一边):"在我们这个求神拯救的城市里是多么无聊啊!"

演员:您别相信资产阶级作家。他们的思想也是资产阶

---

[1] 这一条札记后来用进了《阿莉雅德娜》(Ариадна)。小说原来准备给《演员》杂志,并且在《阿莉雅德娜》这个题目下写下了一些札记;后来,小说在《俄国思潮》杂志上发表了。——俄文版编者
[2] 以下四条:《三年》。——同上

级化的，同他们自己一样。对于他们来说，最主要的是从国库里偷出钱来塞给女人，也就是说，他们同样靠人民生活。但是，我并不反对妇女的自由。我的意思是：每个人都应该像他所希望的那样生活。[1]

演员：这就是年轻的德国人——你看，他在谈着羊毛的价格。而我们俄国青年现在的话题呢，却是高档裤料、解放、女人、宪法等等。而谈得最多的是女人。
"难道这不好吗？"
"最不好啦！"

人家劝我在莫斯科建造一个小客栈。[2]

演员：当她怀孕时，所有的女人都被我看成是可耻的、讨厌的人。[3]

所提供的情况是这样的：人们并不禁止伙计结婚，但却没有一个人结婚，都怕因为自己的婚姻不能讨得主人的欢心而失去位子。他们都不结婚，私下里却过着淫乱的生活，以

---

[1] 以下两条:《阿莉雅德娜》。——俄文版编者
[2] 《三年》。——同上
[3] 《阿莉雅德娜》。——同上

致害了梅毒。[1]

两点钟吃中饭，十点钟吃晚饭。

我现在造好了一所小栈房，但却怕它落到伪善家手里，这些家伙会强迫住客唱赞美诗，并动手从他们那里搜罗圣像。

K小姐不明白，女人下馆子时，为什么不许男人为自己付账。

仁慈的妙不可言的表现。

演员：现今的妇女只适于当女仆，其中最好的是当女演员。[2]

演员：如果大石块从莫斯科落下去，砸坏了所有的最漂亮的地板，那么，这就是最伟大而公正的判决书。

关亡召鬼术者（自称能同鬼交谈的人）是个又胖又高、

---

[1] 以下五条：《三年》。——俄文版编者
[2] 以下两条：《阿莉雅德娜》。——同上

头却很小的男人,柯斯佳谈到他时说:"这个空瓶子在瞎说些什么?"[1]

演员:应该让她看一看,像我这一类的人,并不是她所喜欢的雄性动物。[2]

演员:在轮船上,她用那种被溺爱的、任性的儿童的表情说:"你的那只小鸟鸟睡的摇篮摇过啦。"

演员:是的,你能够找到一个称职的护士长;但是,你应当找一个称职的妻子,一个正派的女人。

人们对他的高尚、纯朴、豪迈的情感的反应,竟是如此零碎,淡漠,微不足道。[3]

"我向你贡献这一切礼物,都是为了娶你为妻。瞧,这完全是按生意人的规矩办事。不然,有谁需要你这一切呢!"

---

[1] 按角色的名字柯斯佳推测,札记本来是准备写中篇小说《三年》的;但其中对关亡召鬼术者形象的几笔勾勒则是用在《阿莉雅德娜》里——阿莉雅德娜的弟弟柯特洛维奇(Котлович)身上。——俄文版编者
[2] 以下三条:《阿莉雅德娜》。——同上
[3] 以下七条:《三年》。——同上

他打算在城里为死去的妻妹建造一个纪念碑，当然，这还是在大家尚未忘记她的时候。然而，妹夫和岳父大人却不肯助他一臂之力。岳父大人看来甚至还有些怕麻烦。而市政参议会的职员只是在两个月以后才给他回信，况且信上也没有什么明确的答复。

在孩子刚刚夭折的那段时间里，看到她那副颓丧萎靡、沉默寡言而又不胜悲伤的样子，他想：为了爱情而结婚，或者不是为了爱情而结婚——其结局都是一样的。

老头子有一双年轻的、闪闪发光的眼睛。

人家给了弟弟一玻璃杯啤酒。他正在写题为《论俄罗斯精神》的文章：最高级的理想主义是这种精神所固有的，纵令西欧人不相信这种超自然的奇迹，他也不应当偏袒毁灭俄罗斯精神的信仰，因为这是命定要拯救欧洲的理想主义。

"但你在这里并没有写上：为什么要拯救欧洲？"

"这是不言自喻的。"

在（希腊正教的）彻夜祈祷式以后，她既不换衣服，也不喝茶，看来是准备去做客。

顺势疗法、催眠术、佛教、素食主义——这种种互不相干的法术，不知怎么地在心灵论者身上混为一体了。[1]

"柯斯佳叔叔，你在哪里？"

"我在法院里，正在为一个小偷辩护呢。这家伙溜进小板棚，从洗衣服的老婆子那里偷走了人家叫她浆洗的衣服。"

哈哈大笑。

"我对法官说：这小子干偷窃的勾当一来是穷，二来是蠢。法官们就宽恕了他。可他现在又去偷了。"

哈哈大笑。丽达记起来，有一次她在做客时是怎样去偷一个小铃铛的，她开始哈哈大笑起来，越笑越响，忽然有人欢呼起来："雅尔采夫来啦！"[2]

他的生活乐趣只有两个来源——作家，有时还有大自然。

在弟弟的神经病发作之后，他回到了家里，谁知她也发

---

[1] 本想用进《阿莉雅德娜》中作为柯特洛维奇的话，却在编辑部里遭到拉普捷夫的反对意见："这一切都含混模糊，言犹未尽，不可思议。这些先生们把事情弄得古怪而一团糟。如果谁在我们同仁中研究心灵术或者动物的磁气，那他就一定是个顺势疗法医生，或者是个玄学家，或者是个象征派，信仰三支蜡烛和13号，为了汉学而诟骂文明，其实他并不懂汉学的概念，因为在中国并没有汉学……"内容上同这条札记有相似之处。——俄文版编者

[2] 以下二十三条:《三年》。——同上

了神经病：原来她在街上看到瞎眼的小孩以后，就害怕生活了……她的存款已有二千万……

且勿挥金如土，因为你可以想一想，你最后会因为如此挥霍而干出些什么事来！

他没有一个固定的、经常不变的恋爱对象。他怨 X，怪她离开自己去同 Я 好了，又怪自己对妻子的感情日渐淡薄。

有时他觉得，自己的思想和身体一样笨拙；当然，把自己说得一无是处，也许是不老实的、不公正的、残酷的。然而有时他往往抱头沉思，痛骂自己，想出自己的缺点和罪过。

柯斯佳偷偷地写长篇小说，但是谁也不肯发表思想极端、见解偏颇的平庸之作。

她没有受过艺术熏陶，尚未培养起明确的鉴赏能力，一些华而不实的艳俗之物（譬如：金色的飞檐、带花的镜子以及粗俗的图画等等）就可以把她吓倒，于是她竭力钻进她的同类聚集的角落里去。

他们全家——他、她、柯斯佳、女家庭教师，还有两个小姑娘——按商人的脾气，去看了画展。他给大家付钱，买了门票，可是他却看不懂，就把拳头放在眼睛下面看；柯斯佳感到索然无味；女教师跟来看，纯粹是为了小孩可以因此不淘气了。当大家走近一幅美貌少女的裸体画时，注意力马上都被吸引住了。女主人正十分无聊，但在一幅风景画面前立刻深深受到感动。她一下子就看懂了这幅画，他们就把它买下来了。

她和他应柯斯佳约请，驱车前往区法院去旁听。这件事是毫无趣味的，因为柯斯佳辩护时一点也不激动，却怒目圆睁，用男低音啰嗦了好久，完全是老生常谈，却想以此来感染广大听众。但当小偷被宣布无罪释放以后，他却不想乘车回家，而去同一起旁听的某人谈论关于谁怎样厚颜无耻的闲话。

柯斯佳对两个小姑娘讲完小偷的故事后说："当你们慢慢富裕起来、快变成财主的时候，快把一切的财富，一切的，统统都捐献给穷人们！只有当财主把多余的钱都还给穷人的时候，才会没有小偷！"

雅尔采夫曾是个美男子，他染上了爱笑的毛病。

基施的妻子穿着一件漂亮的短外衣，使得基施和雅尔采夫同时都被她迷住了。

他不肯宽恕老头子过去的行为，而她却怜悯老头子了。她于是就乘车前去找他，告诉他老头子病了。他对她说："这个菲多尔（老头子的名字）为什么要生病？这算什么，我就从来不生病，我从来也不去看病。"

他就这样到处乱吹，但还是很爱孩子们。

她对自己的父亲说："但是，难道就不能预防复发吗？"她父亲是位医生，听了此话，叹一口气，耸耸肩膀，好像是想说："医生可不是上帝！"

"我没有妨碍你吧？"

"不，宝贝儿，我们的谈话可是带原则性的呀！"

我们这一代人常常被人骂作废料，而我们的父辈多好啊！我用愠怒、敌视的眼光看着你们的十足的冷淡。我写信告诉他关于计划等等的事。

在仓库里。有人把"O"这个音发成"Г"，就像是拉丁文里的"g"；他们还常常喜欢用"C"这个音，就像某种发音很快、很短的词句，也把它拖长，发成像"Свысссс！……"这样的音。

雅尔采夫谈到柯斯佳的时候说："他不具备音乐的耳朵——生活里也是这样。没有音乐耳朵的人，听起音乐来就觉得好像是音乐家们在大声喊叫,而似乎只有他一个人注意到这点。"

雅尔采夫进一步说:"请相信,生活总是以自己的自然规律在行进着的,谁也不大声喊叫,每一个人吹着自己的喇叭,那是他必须这样吹的。"

有不少僧侣实际上是个演员。

柯斯佳宁愿有极其恶劣的坏天气。当倾盆大雨从早到夜落着的时候,他就十分快活。雅尔采夫和柯斯佳对俄罗斯没有过喜爱的记忆。

我感觉到,在我的头脑里,脉搏在跳动。

和他一起感到无聊,或者你还没有发现他。但是,为了找到他这样一个善良而不蠢的人,而且他还有自己明显的优点,你就得和他一起吃三普特的盐。

演员:她曾使自己变得很瘦很瘦,目的是讨好我。因为我很讨厌胖子。[1]

---

[1] 以下两条:《阿莉雅德娜》。——俄文版编者

演员：她说："波列斯拉夫·马尔盖维奇的作品要比屠格涅夫的还好。"但是，要知道，男人们是不用这样类比来开玩笑的。

多少个小时他就这样躺在沙发上——或者是在雅尔采夫家里，或者是在柯斯佳家里。[1]

小姑娘们期待着他来给她们施再洗礼。

人家告诉他，在大剧院广场上，有小孩被雇来向人行乞，他相信了，但还是停住脚，后来又走过去施钱给他们。

在向别人解释缘由的时候，他脸上火辣辣的。

他不能就这样去见医生，因为他常常是不拘小节的。

当他在结婚前到处奔走时，医生就告诉大家：他女儿的仆人会叫他生气的，他甚至无法喝完一杯酒，抽完一支烟。

宝贝儿，我看见尼娜了。

---

[1] 以下三十一条：《三年》。——俄文版编者

妹妹死得突如其来。

医生家的女仆是经常要换的。

他所担心的是,妹妹会突然一文不名了,就给医生留下二千卢布的通用券,请医生以后转交给她。而医生后来却寄去一份长长的账单。(把钱扣去了,没有交给他的妹妹。)

柯斯佳的口才并没有讨得她的欢心:他炫耀自己,戴着假面具走来走去,真是一个败类。

父亲:"把自己的小姐带来了吗?"

从尼娜去世的那时起,我就开始相信:我们是永生的。

病人们在医生那里所能等到的是寒冷的门厅。

柯斯佳告诉她:"俄国人(其中包括你丈夫),当他站在人群里不动的时候,你根本无法发现他。他一无所长——难题就在这里!"

10月底收到医生的来信,说尼娜病情恶化,大家都透罪于他，谁也不对他表示同情。11月1日，电报来了："尼娜猝然病故。"

医生在吃过晚饭以后说："不知怎么的会有股臭味，而且很久没有上菜，后来从牛肉里发现，这牛在杀之前是有胃黏膜炎的。有了这种感觉，我吮吸骨头时就得用手指头在盘子里翻来翻去。还喝了四杯伏特加，来抵消臭气。"他这么一说，饭馆老板就把账单削减了30%。

她来到故乡小镇，发现房子似乎变矮了，人也似乎少了；还有人把死人装进棺材，举着教会的旗帜。

女家庭教师写信给警察总监，告发柯斯佳。

从老头子的话里可以听出来：他尽量使妻子和她娘家的亲戚们幸福；他给孩子们、伙计、职员以奖励；他造福于整个一条街；并且还自觉自愿地、虔诚地祈求上帝保佑。

他的母亲出嫁时只有十七岁，而当时他的父亲已经四十二岁；母亲在父亲面前浑身颤抖。

父亲丝毫也不后悔。他生性严厉，难免失之偏颇。主是怜爱他的,但其他人却不喜欢他。别人虽然苦心经营,生意却不佳,那是因为不想去同他商量的缘故。说来也怪,不听他的意见,生意无论如何都别想做好。而他不论干什么买卖,都一概生意兴隆。

他俩读起书来真是饥不择食,急躁地读一阵:他是躺在沙发里;她呢,坐在安乐椅上,两条腿却放在凳子上。

在一个厢房里住着柯斯佳,而对面那间则住着毕果丢。柯斯佳就用双筒望远镜看过去。[1]

莫斯科某教区的神甫到他那儿去了。

妹夫说:"大家都知道吗?我要去跳舞了。"

从老头子那儿送来了钻石的胸针。

她真的怕自己会爱上雅尔采夫,于是在被窝里连连画着十字。

---

[1] 这一条有自传性质。当契诃夫独居在小德米特洛夫卡(现为契诃夫大街)上的菲尔刚克(Фирганг)家的厢房时,契诃夫的小弟弟们和他们的朋友就用双筒望远镜看住在对面的毕果丢(Пиготы)家的房子(参见 1891 年 11 月 21 日契诃夫致 А. И. 斯马金 [Смагин] 的信)。——俄文版编者

巴纳乌洛夫把她送到火车站时说："我是多么羡慕你呀！多么羡慕啊！"

巴纳乌洛夫留在莫斯科的"特列士金"了。[1]

当她乘车到父亲家去探望时，仆人们端来了小吃。

演员：你们要知道，只要她愿意，她就能害气喘病。[2]

"你曾经送我一个小妹妹，你再送我一个亲外甥吧。你已经非常讨我喜欢了！"[3]

"他是一件什么样的衬衫吗？他只不过是婆娘们裙子下拖出来的一块老破布[4]而已！"

像拉普捷夫这样的人是不能给鲜廉寡耻、唾面自干之徒以回击的，因为在我们的社会里，和高尚思想的发展并行不悖的是丑恶、畸形和岂有此理。

---

1 看来，特列士金（Дрезден）是莫斯科的一个旅馆。——俄文版编者
2 《阿莉雅德娜》。——同上
3 以下八条：《三年》。——同上
4 俄文中 Рубаха 一词兼有"衬衫"和"直率、朴实的人"之意；而 Тряпка 一词，兼有"破布"和"懦夫、无用的家伙"之意。这里语意双关，至为诙谐。——中译者

人生可以称得上幸福的只有一回——那就是同心爱的人在遮阳伞下面。

小偷溜进洗衣房的小天棚里，偷走了值七十四卢布的待浆洗的衣服。洗衣妇们都怀疑这是那个退伍士兵偷的。因为他在法院里还说过："我一次就喝干了一小瓶酒。"婆娘们无论如何要把他扭送法院。柯斯佳对她们说："别叫他太丢脸了，这样，他以后怎么做人？"

父亲丝毫也不后悔。

小姑娘们给女家庭教师穿衣服，还教她怎么穿。

古董商发现，他想把这里的画统统买下来，就施展种种手段，诱使他下了这样的决心。

很多俄国的知识分子出身的妇女所写的信，不但文辞优美，富有艺术性，而且还琅琅上口。[1]

应该经常想到学校、医院和监狱。这是战胜大自然的天然手段。他很愉快地发现——医生已经引起她的惊惶，还把

---

[1] 《阿莉雅德娜》。——俄文版编者

大家都感兴趣的《临床学讲义》拿给她看。[1]

她并没有哭泣的习惯,但当菲多尔出走以后,而她自己又热病发作时,她再也忍不住,开始哭起来了。

当她在祷告的时候,他在一旁忍不住想:"别看她祷告时那一本正经的样子,你知道她是怎样对待我的吗?——简直同妓女一样!"

她对于自己在莫斯科的一所新房子,就跟对待过去的旧房子一样,也就是说,像对待杂物棚一样——按老规矩办事,只收拾好一个房间就满足了。

"你没有本事同太太们挽着手臂走过来!"她对柯斯佳喝道。

有时他突然发现自己十分刚愎自用。

德国女人说:"我的丈夫是一个大大的猎艳者。"

说到雅尔采夫:"为这个天才,或者兴趣广泛、博而不

---
[1] 以下六条:《三年》。——俄文版编者

精者而感到惊奇吗？"[1]

老头子把自己算作最重要的和绝对正确的人。

她来到自己的故乡小镇，经过尼娜曾经安居过的那座房子跟前时，看到了贴在窗子上的白色免服军役证。可父亲还是毫不后悔。

她要去教训老头子走正路，还要暗示他，已是快死的人了，应当自我忏悔，并且首先必须打破自我崇拜。

雅尔采夫说："我是这样珍惜生命，这生命我只能得到一次，我要好好干一番事业，决不能将光阴虚掷。"

菲多尔喝了很多茶。

从阿列克赛·费多留奇那里传来了勇敢精神胜利的消息：妻子的心比沙米里（Шамиль）还要坚强。

关于波恰特金：他从小就在拉帕捷菲依家干活。当他还是个小男孩的时候，大家还是很相信他的。自从后来他每天

---

[1] 以下十条：《三年》。——俄文版编者

晚上从仓库里溜出来,到银箱里去偷钱塞满腰包的时候起,他就引起大家的种种猜疑了。后来他成了仓库里和家里的主要人物。在教堂里呢,他也同样代替老头子略尽对上帝的义务。

一切思考都以她的潸然泪下而告结束。她有一个画有小图画的糖果盒。有人对她说,请莫洛佐娃娅太太捐一百卢布给穷大学生,她就把钱放在糖果盒里,再带上钥匙准备送去。

"现在就到大学去吧,把这交给那些傻瓜们!"

罗基金狂欢滥饮,放肆地追逐女性;但这并不妨碍他成为一个出色的产科医师。[1]

目前,纸牌正风靡莫斯科,但是如果发明另一种消遣来替代它,譬如画画啦,看书啦,那就一定会使大家兴味索然。而客人们也就会习惯于在大门口当着主人的面说:"没有司仪。"[2] 那真只有天知道是怎么搞的了。那就会缺乏热烈的感情和真心诚意的欢乐了。[3]

---

[1] 《海鸥》里铎尔恩(Дорн)的台词。——俄文版编者
[2] Распорядитель,舞会司仪。这里指不开舞会。——中译者
[3] 以下二十条:《三年》。——俄文版编者

柯斯佳对两个小姑娘说："我对你们的母亲是有责任和义务的。"讲这话时，他热泪盈眶。

波恰特金在红菱饭店：那女侍应生是半带惊奇、外加二十四分不愉快。

尤丽娅顺顺当当地改嫁，并且怀孕了。但她却开始抽起烟来，还老是发脾气，因为人家还是叫她"尤丽娅"。她说，这名字听起来好像是称呼一个标致的女用人。于是雅尔采夫和柯斯佳就改口称她为康斯坦奇娅。

丽达离开了那所女子中学；雅尔采夫在那里教书，他曾经不胜愉快。

巴纳乌洛夫被任命为代理省长。

别墅里的谈话：我将写一个历史剧。雅尔采夫和柯斯佳回到了故乡，已经走到林间小路上了。

巴纳乌洛夫在包厢里说："我担任过安全检察官、安全会议主席，最后还当过省理事会顾问；这就是说，我有权过问小学方面的事务，但是就这样去请示彼得堡时，那里对我的回答却是含混不清的。"

柯斯佳：为了纪念你们的母亲，我发誓把我所有的财产都送给别人。我的理想是：死的时候，情愿不留分文。

有人对彼得说："你有一副多么正经的灵魂拯救者的外貌，而恰恰是你，用迷香把她拐去了两年。"
"我可不知道。"

拉帕捷夫：我害怕打扫院子的人、剧场的看门人、戏院的收票人和肥胖的女人。

巴纳乌洛夫升任四等官，但他却不想把姘居的女人带去赴任，于是找个借口说，在他现在荣升的任所，要像过去那样生活，"像你所希望的那样生活，是不恰当的"。

爱情总是善良的。几乎在一切时代，在有文化的人们当中，广义的爱情和丈夫对妻子的爱情都同样被称为爱情，实际上这并不是枉然的。如果爱情往往是残忍的，有害的，那原因并不在爱情本身，而要归咎于人类社会的不平等。

当那种不平等在不断增大——一些人富足、聪睿、善良，而另一些人贫困、愚昧、邪恶——时，无论什么样的善意都只能引起纠纷。

人生的幸福与快乐,不在于金钱和爱情中,而在于真理中。如果你想要有生活的幸福,那么,生活横竖不会使你陶醉;但要是事业出其不意地给你一击,使你措手不及,你倒能成为真正幸福的人。

当я从索柯尔尼基村回来的时候,钢琴上的蜡烛燃尽了,拉苏金娜在沙发上睡着了。
"唉,累死了!"

虽然仅仅过了三年,却好像过了十三年、三十年。祖父眼瞎了,菲佳叔叔快死了,柯斯佳叔叔在信里向你们问好——他在美国办展览会,而阿辽沙叔叔已经厌倦了。

她说:"父母亲都认为,他的孩子是世上最好的;其实局外人都明白,他的孩子也不过如此。而我的奥丽娅却毕竟不同凡响。"

我们大家只会讲爱情,读爱情;然而我们自己却很少有爱情。

——陶莉娜·达盖斯塔娜

"加富利留奇,先来的是什么:先有阴郁的情绪,然后再有阴暗的思想;还是相反?"

"头脑里先产生阴郁的情绪。"

她很疲倦地从老头子那儿回来:应当想到基督受难日。

他握住她的手说:"我有这样的感觉,仿佛我们的生命已经结束了,现在,半死不活和无聊、倦怠已经开始。当我知道弟弟的病情和别的……幸福只有一次——在遮阳伞下面。"

不自由的人总是有概念上的混乱。[1]

"来一份带马铃薯泥的谗谤大师[2]!"

打扫地板的侍者听不懂这话,他正为自己的脑筋迟钝而惶惑不安,要提出什么异议,但是Поч.严厉地直盯住他:"我非要这个菜不可!"

过了一会儿,侍者端来了带马铃薯泥的牛舌头——这就是说,他已经明白了。[3]

"啊——啊——啊,"海(鞑靼海峡)在呻吟了。

---

1 《阿莉雅德娜》。——俄文版编者
2 мастер клеветы и злословия,这里戏指牛舌头。——中译者
3 《三年》。——俄文版编者

补 遗

某养蜂者因为盗用公款而开枪自杀。我和县警察局长驱车前往验尸。我们到现场一看，尸体躺在桌子上。夜深了，验尸推迟到明天。警察局长到邻居家去玩牌。我轻轻地睡下去。门一会儿打开，一会儿又关上，好像是死人在走动。[1]

当异教徒的弟弟由于无聊，从瓷砖到壁炉，在屋子里看来看去。[2]

我鄙视自己的物质的外壳以及这个外壳所固有的一切。[3]

仆人瓦西里从彼得堡乘车回到凡莱伊斯基县的家里，给老婆和孩子讲述各种各样的事情，他们都不相信，心想，大概是他在吹牛吧，都哈哈大笑起来。他饱餐了一顿羊肉。[4]

良好的教育并不表现在你没把沙司泼在台布上；而是表现在，如果谁把沙司打翻时，你不责怪他。[5]

---

[1] 小说《职业问题》的情节。——俄文版编者
[2] 《凶杀》。——同上
[3] 《海鸥》中铎尔恩的台词。——同上
[4] 后来改写进中篇小说《在峡谷里》。——同上
[5] 《带阁楼的房子》。——同上

下等饭馆附近，不论春天还是秋天，总是一片泥泞。开设饭馆本是为酒铺做门面，但饭馆本身也卖酒。捷列霍夫家的老大在自己家里营业（经售素色封面的《三歌经书》、花面的《三歌经书》以及《圣诗》），教堂里他是不再去了，因为神甫本人是个酒鬼，还玩牌。捷列霍夫家老二（花瓷砖），证明他——巴伊西之流，应该过小康生活。他把自己的钱都分给了穷人。为了这个，他那个戴着白色蝴蝶形领结的妹妹安娜非常恨他。[1]

"你把这些钱都留给外甥女达苏特卡，在这上面签个字，好吗？要知道，她有白翳病，没有钱就治不好。你把她送到白莱夫的马利伊娜亚孤儿院去，好吗？要么送到修道院去：人们会想起她的窘迫境况的。"

捷列霍夫家的老二同侄女达苏特卡小声耳语了一整夜，不停地试图开导她。天亮了，她惶惑不安地对父亲说："叔叔说，斋戒是没有必要的。"这时，叔叔从另一个房间走出来，说："不许瞎说，达莎！我只是说，不做好事是不能获

---

[1] 以下六条：《凶杀》。素色封面的《三歌经书》(Триодь постная)、花面的《三歌经书》(Триодь цветная)都是教会的《圣诗》书名；《圣诗》(Кафизмы)——希腊正教的祈祷诗一类的读物。巴伊西（Паисий）：修士司祭。实际上，他是为住在塔干罗格的作家的叔叔 M. E. 契诃夫家干活的一个普通的掘土工人。——俄文版编者

救的,别的我什么也没说。耶稣基督还斋戒了四十天呢!"这是在凶杀发生以后。

杀人以后,灯火灭了,天亮了也没人祷告。凶手的弟弟被安置在酒店里,人家告诉他,他哥哥杀死的是个坏蛋。在这以前,凶手被转移到铁路线上,人家希望他的脚印被雪埋上。

在巴黎。她以为,法国人要是看到她的身材如何窈窕,一定会赞叹不已的。[1]

"伊凡·德米特里耶夫·莫霍伏依,我——小市民乌格里茨基读了一本书,是从我所读过的书当中找到的最好的一本,这里面带有我对米哈伊尔·伊凡诺维奇·茹柯夫的谢忱,就如女主人以她区区不值一文的书来表示谢意一样。

1月18日"[2]

达苏特卡在庭审中证明:婶婶和叔叔常为钱而吵闹。[3]

---

[1]《阿莉雅德娜》。——俄文版编者
[2]《凶杀》。——同上
[3] 以下三条:《凶杀》。——同上

前市长说:"城市失去了我这样一位劳动者:那条波克洛夫斯卡亚大街是我给铺上小石子的,教堂是我给油漆的,圆柱也是我给涂饰的。"

宪兵守在车站上,他是位下级军官,不信教,我曾借书给他看过。"我把文件带给县警察局长了,"他对捷列霍夫家老二说。而他又对我说:"您是白贴邮票了。您这样到阴间去,别人会对您说,您白白斋戒了。"

"不能啊,费里普·伊凡诺维奇,我并没有节欲。"

一个穷姑娘,是个中学生,她有五个幼小的弟弟。她去找有钱的长官。那长官用一块面包来捉弄她,要她顺从,表示感谢(为他祝福),还奚落她的弟弟。"每个人都应该有自己的义务"——她就忍受了这一切,不敢反抗,怕陷入过去那种贫困中去。后来,她在一次舞会上博得了狂热的赞叹,一位大人物看中了她,要她做了情妇,她就有了保障,而当她看到,长官对她逢迎谄媚,丈夫对她百依百顺时,她在家里轻蔑地对丈夫说:"你给我滚开,蠢货!"[1]

小捷列霍夫"由于想问题"而患了失眠症,一到晚上就

---
[1] 小说《脖子上的安娜》。——俄文版编者

大声哼哼。[1]

她曾经是演员的妻子——那时她爱上了剧场,爱上了作家,满以为她这样一嫁人,大家就会惊异万分:他哪能那样顺当地结了婚?可是不久他就死了;她又嫁了个糖果商。看来,她什么也不爱,就像熬果子酱一样。她已经看不起剧场,因为她已经仿效自己的第二个丈夫,成了一名教徒。[2]

吃过中饭就睡觉的那种人的眼睛是不好的。[3]

奶奶打了孙女玛莎。玛莎为了报复,偷偷地在奶奶要喝的素汤里倒上牛奶,想叫奶奶在8月15日圣母升天节的斋期里破戒。而后她想,奶奶大概会因为犯忌而发烧、下地狱。奶奶知道后整天咒骂那个穷得"待在家里"的女婿。[4]

从事劳动最多的农民们,并不通用"劳动"这个词。[5]

阿莉雅德娜能熟练地用三种语言说话。而他的妻子则

---

[1] 《凶杀》。——俄文版编者
[2] 小说《宝贝儿》的情节。——同上
[3] 《凶杀》。——同上
[4] 《农民》,但在写进小说时,在素汤里倒上牛奶的是莫特卡。——中译者
[5] 《我的一生》。——俄文版编者

很快就通晓了其他的语言,因为在她的头脑里有很大一块空白。[1]

要这样教育妻子:使她能够觉察到自己的错误。那时,再依她的意见办。这样,她就能永远正确。

当预审员和法医乘车赶到时,捷列霍夫家的老二已经死了四天了。[2]

在萨哈林岛[3]待了五年,他,捷列霍夫明白了:最主要的是要赞美上帝;至于怎么赞美,还不是那么一回事吗?

捷列霍夫家的老二说:"我很想教训教训弟弟和妹妹。是的,很想。"

开头这里只是个被叫作"错车站"的小站,现在可成了一个像样的大站了。

他在瓷砖厂里有一个相好,同她生了个儿子。后来,他

---

1 《阿莉雅德娜》。——俄文版编者
2 以下七条:《凶杀》。——同上
3 萨哈林岛即库页岛,它孤悬海中,是旧俄时期的囚犯流放地。——中译者

感到这是罪过,把自己的钱都给了她们母子俩,自己就出走了。

法庭审判以后,妹妹拒不服从。

身体衰弱的捷列霍夫家的老二,听从医生的吩咐,在斋戒期中喝了牛奶。

"上来,上来,沿着被叫作文明、进步、文化的楼梯上来!""上来?可是我真诚地劝告你——你会走到哪里去?""对,我也不知道上哪去。为了这一个楼梯,也值得活下去。"[1]

捷列霍夫一家被人们叫作螳螂。[2]

分开破产,还不如一起生活。

T老汉因为逃跑,挨了四十鞭,后来他就习惯了。

听说,有人在轮船上捡走了一条锚链。

---

1 《我的一生》。——俄文版编者
2 以下四条:《凶杀》。——同上

短篇小说的题目：
Sarcasmus senilis.[1]

人没有信仰是活不下去的。

他因为雨声而睡得误了事。[2]

捷列霍夫家的老大认为，那些空虚而懒散的人，通常总要找一个借口。他们侈谈什么对亲属的爱啦，又是什么对过去所受的损失和其他种种牺牲的宽恕啦，等等，那只是为了不祷告、不戒斋和不读圣书罢了。[3]

在受难节那天午饭后，捷列霍夫家的老二，因为身体太虚弱恳求给一点黄油，招来一顿臭骂。后来姐姐给了他一点，却用仇视的眼光看着他，意思说：这样做会有什么后果？他拿到黄油就吃起来，这一下，在场的所有人都开始反对他。

每天晚上他睡不着，就想念起工厂来了。

---

1 拉丁文：老人的讽刺。——俄文版编者
2 《海鸥》中的特里波列夫（Треплев）的台词。——同上
3 以下三条：《凶杀》。——同上

现在，他站在她面前也现出那种巴结的、谄笑的神情来了，这样的神情她常在他遇见权贵和名人的时候才在他脸上看见。她又是快活，又是气愤，又是轻蔑；而且知道，他不会永远对自己如此恭顺的，于是，她就咬清每个字的字音说："给我滚开，你这个蠢货！"[1]

那倒挂着的图画倒是朴素和纯洁的，而你们这些老顽固，把对艺术品的生杀大权掌握在自己手中。所谓合法的，就是你们正在做的事情；而其余的，则统统扼杀。[2]

戏剧：她抽烟，喝酒；她有一头红发，和情夫姘居，她的名字常在报上出现；对此，我什么反对意见也没有，但还是感到极其腻烦。[3]

戏剧：三十二岁的教师，有了白胡子。

戏剧：如果社会过分地钟爱自己的演员，认为他们中间有不平凡的人；那么，显然，这个社会就会被种种思想倾向所渗透。

---

1 《脖子上的安娜》。——俄文版编者
2 《海鸥》中特里波列夫的台词。——同上
3 以下四条：《海鸥》。——同上

戏剧：有时候，我觉得心里有一个普通人的自私心在说话：我甚至因为我母亲是个著名的女演员而感到遗憾，我觉得如果她是一个普通女人，我会幸福得多。舅舅，当我母亲那里挤满了名流、演员、作家时，还有比我这种处境更绝望更可悲的吗？而我在他们中间什么也不是，他们之所以能够容忍我，仅仅因为我是她的儿子。每当他们打量我的时候，我猜得出他们思想深处想的是什么，并且用轻蔑来回答他们。

在轻松的时刻说：什么坏事也没有发生过。

参议会的第二位长官是阿历克赛·基奥米丢奇。有人买下地方自治会的房子，付了五千卢布的定金，而会计从他那里却只收到五百卢布。议定书上明明写好收到NN的五千卢布。而NN经过复核一遍后发现，上面写着只收到五百卢布。

人家说，这个车站上有小肉馅饼卖。

题目：《醋栗》。X在税务局里供职，胆小而吝啬，偷偷地积钱。他梦想：结婚，买进领地，在可爱的太阳下面睡觉，在小草地上喝酒，吃着自己的白菜汤。二十五岁、四十

岁、四十五岁过去了，他已经不想结婚了，可还梦想着那块领地。

最后到六十岁了。他读到百十个关于附有小树林、小河、池塘、磨坊的领地出售的广告，是那样的大有希望、令人垂涎。他辞了职，通过代理商买下一块带有小池塘的领地……他在自己的花园里踱来踱去，感觉到似乎缺少了点什么。他的思想终于停在这一点上——他缺少的是醋栗，他打发人到苗圃去。过了两三年，他得了胃癌，临死前，人家给了他一盘他想要的醋栗，可是他只能冷漠地看一眼了……这时，隔壁房间里，已经是他那胸脯高耸的侄女，一个喜欢叫叫嚷嚷的女人在接管了。（秋天，醋栗树种在那里；冬天，雪还没有积起来。望着盛醋栗的盘子，他仿佛在说：就是那醋栗，是在我生命的最后关头她给我的。）他是一个破落地主的儿子，小时候，经常受到乡村的教育。[1]

当狂风暴雨摇撼着树木的时候，树木是多么害怕啊！[2]

谋杀。整个3月和4月初都大雪纷飞。"捷列霍夫家的老大，现在大家都不喜欢他；不过对待他的信仰和他本人倒不怎么严厉了。我很高兴的是，他现在既喝伏特加，又抽烟，

---

[1] 小说《醋栗》的情节，发表时有所变动。——俄文版编者
[2] 以下两条：《凶杀》。——同上

还有别的嗜好,连宪兵都恨他。"一般地说来,我们中间有些人非常憎恨有自己信仰的人,甚至还毫无根据地恨自由主义者和对信仰漠不关心的人。

教师:"心是用什么造的?"
女学生:(想了一想)"用软骨。"

被杀死的不是捷列霍夫家的老大,而是他的姐妹,他只是抱住肩头在发抖。[1]

如果有个人长期卧病在床,老实说,大家内心里都巴不得他快点死掉,除非是害怕母亲死掉的儿童,他们一想到这一点,就会怕得要命。[2]

用不义之财去获得朋友吧!这样说,是因为一般地说来,没有,也不可能有正义的财富。[3]

在戏剧里。女儿:(寄生虫般地)我的马老了,要一匹新的。

---

[1] 《凶杀》。——俄文版编者
[2] 《农民》。——同上
[3] 《我的一生》。——同上

母亲:(漫不经心地)马跑到哪里去啦?
女儿:妈妈,你要听清楚!
母亲:不许这样对我说话!

妹妹空肚吃泻盐还大发脾气。在下等饭馆里,楼上正房的门紧锁着,大家都只好待在楼下,所以听得见醉汉的叫骂声。达苏特卡睡在叔叔房里的暖炉寝床(炕)上。[1]

谢尔盖·尼古拉耶维奇经法院判决到航标站去服苦役,已经长出了胡子。

祷告时,双手举起来(表示愤慨、哀求、呼吁正义)。

彼得·奥西波维奇没受过教育,却是个有远见的人。

C.H喜欢谈论混和酒同鲟鱼汤。

塔塔林·卡丢洛夫谋事花了一千五百卢布。(其中五百卢布是现钞,剩下的是期票。)

波哥莫洛菲依整个家族都是信教的,他们的信仰很坚

---

[1] 以下七条:《凶杀》。——俄文版编者

定，其中 Б. М 因为活像一头笨熊，只好在自己的洞穴里生活，而不能在社会上存身。

发生了凶杀案后，达莎躲到二楼上去了，她在那里一直坐到天亮。

玛塔维娅每天晚上都要捉住臭虫放在嘴里咬。

С. Н 的话题只能是小酒馆。这些天来都是令人厌恶的阴郁天气，真叫人败兴、怨恨。

被人骂作笨蛋的长官对老婆说，家庭生活不是取乐，首先是要尽职。一个一个戈比都珍惜着用，卢布自然就会来了，等等。[1]

如果谁说，他反对钱，反对利息、利润以及诸如此类的东西，那么 Я. 伊凡诺夫就会把这说成是饶舌家、懒汉的胡言乱语。要知道伊凡诺夫自己原来就是个穷人，他什么也没有，生活比财主们要苦得多哩！这是怎么回事啊？[2]

---

1 《脖子上的安娜》。——俄文版编者
2 以下三条：《凶杀》。——同上

C.H和宪兵什么信仰也没有。

当着宪兵的面,酒馆侍者不好意思唱歌。他们还没做晚祷哩,等着这些先生离去。

醋栗呈冻胶状。"多么蠢啊!"长官说着就死了。[1]

那个胡闹的人忽然发现他所干的事情非常无聊,于是他就回去了。[2]

长官(外号笨蛋)的老婆同孩子们一起被他训斥。[3]

孤独者在饭馆里和澡堂里进进出出,为的是多多地说话。[4]

他对神甫这样的当权者竭尽阿谀奉承之能事。

在乡村里:他十点睡觉,九点起床。这样长的梦把脑子都睡得粘在头颅上了。然后吃过中饭再睡,一直睡到晚上,

---

[1] 《醋栗》。——俄文版编者
[2] 《凶杀》。——同上
[3] 《脖子上的安娜》。——同上
[4] 《关于爱情》。——同上

醒着做噩梦。[1]

戏剧：女演员看到池塘，痛哭起来，因为她回忆起了自己的童年。[2]

戏剧：应该表现的不是现有的生活，也不是应该有的生活，而是理想中的生活。[3]

戏剧：演员和文学家有连带责任：他们每接受一个人进自己的圈子，这个人就立即能闻名于全俄罗斯。

戏剧：小说家们每个人所写的是，想怎么样和能怎么样。

基辅的小市民。

哪一个著名的星相家或政治家死了，他们的讣告登在报上总共是五行字，而演员或文学家死了，讣告登在报上要占两栏，而且还放在头版，圈上黑边。

---

1 《海鸥》。——俄文版编者
2 计划用在《海鸥》里，后来改变主意，把它用进了《樱桃园》。——同上
3 以下十条：《海鸥》。——同上

我是这样的衰老,老得从我身上似乎发出一股狗的气味,而你,妹妹,却还是那么年轻。

教员一直在戏台上踱来踱去。第三幕时,他神经错乱地说起话来,人家请他走开。

Кав.当着教师的面说:他们本身一点也不重要,一点也不出名,甚至只是些骗子手,是吗……

索林:我真不敢想当文学家!我只想两件事:结婚和当文学家,但不论哪一件事,都没有成功。

他读了一遍自己的中篇小说,而我写的那段甚至都还没有删去。

特里果林(记着笔记):挡风的帐幕……闻一闻鼻烟……不痛快、不满足,那是因为把自己扮作一个小丑……喝伏特加……[1]

她在自己信上的签名都是"Чайка"[2]。

---

1 以下四条:《海鸥》。——俄文版编者
2 Чайка:海鸥。——中译者

第三幕：寄食者！无产者！基辅的小市民！庸人！

第四幕：玛申卡和妈妈铺好床，妈妈一直把啤酒拿给特里波列夫。

如果我能从胸膛里把心掏出来的话，你可以看到它跳得是如此的艰难。[1]

一百俄里荒凉、单调而烧得精光的草原，只和"无聊"形影不离——简直无法把它们赶走。

蚜虫吃青草，锈吃铁，虚伪吃灵魂。[2]

军官的妻子让不肯到波兰去的新兵，每人交五至十卢布。她一面卖伏特加，一面和顾客一起喝伏特加。有一次在教堂里，她喝醉了酒，跪在地上就站不起来了。

契帕尔：我怕自己的母亲。怕的是，她可千万不要骂我呀。我就怕她自己的主意。我知道她那些可怕的念头。

---

[1] 以下两条：《带阁楼的房子》。——俄文版编者
[2] 以下两条：《我的一生》。——同上

登场人物：一个地主，打谷机轧断了他的一只手。

穷医生和医助甚至于都没有想到过得到慰藉，他们工作时只有一个思想，所以他们一直都在想着薪水和每一块面包。[1]

真诚的人才有真理。[2]

果子酱。一位不久前出走的年轻的太太紧靠着maman[3]坐着，她正在熬果子酱。

女儿穿着短袖衫，那双手可是专制独断的手。母亲宠爱女儿。庄严的宗教仪式，有殉教般的感觉。

园丁在盗卖苋菜的时候，成了失节者。

卡里古拉在元老院里所骑的马，就是我所讲的那匹马。[4]

---

[1] 《在运货马车里》。——俄文版编者
[2] 《我的一生》。——同上
[3] 法文"妈妈"的俗称，本条是为《故乡的一角》而写的。——同上
[4] 据俄文版原注，这是拟作《樱桃园》里西妙诺夫-皮什契克的台词的。后来发表的这句台词是："我去世的父亲……总是说我们西妙诺夫-皮什契克的古代祖先，就是卡里古拉选进元老院的那匹马的后代。"按：卡里古拉是罗马暴君，生于公元12年，执政五年（37—41），他希望全国人民只长一个头，好由他一下子杀光，他还把他的一匹马封为元老院的参政。——中译者

请允许我介绍，这位是犬子的母亲。[1]

农舍。穿毡靴女孩坐在壁炉旁。爸爸不在家。她叫柯斯卡。
"柯斯卡，我耳朵聋了。"
"怎么会聋的？"
"被打聋的。"[2]

外省。包厢里一定有蛇一般的省长的女儿。[3]

你们那儿地里庄稼的脱谷量很大，池塘里满是水鸡。[4]

中学生：这是你们幻想的结果，被黑暗笼罩着的未知数。[5]

有怪癖的人曾以为他是最伟大的人，而现在他知道自己

---

1 《彼契涅格》。Печенег 是古代屡次侵略基辅罗斯的土耳其的一个民族名，被俄国人骂为"野人"。——俄文版编者
2 《农民》。——同上
3 《带阁楼的房子》。——同上
4 这是词语滑稽地变换的文字游戏：把"收获量"（урожай）改成"脱谷量"（умолот）；把"鲫鱼"（карась）改成"长脚秧鸡"（коростель）。——同上
5 《三姐妹》：契布齐金。——同上

补 遗

不过是个寻常的人——虽然曾经有过怪癖。

殷勤好客的游戏。

萨维那在演员中的地位,就如克雷洛夫·维克多在作家中间的地位一样。

胖胖的女孩就像一只圆面包。[1]

大多数乡村医生都是不诚实的教会中学学生,怀里揣有石块的拜占庭人。

主人不在时,仆人把自己的房间指给客人看。

每一个幸福的人的房门背后都应该站着一个人,手里拿着小锤子,不断敲着门提醒他:天下还有不幸的人,不管他自己有怎样持续不断的幸福,灾难依然会降临的。[2]

饥饿的狗就只想肉了。[3]

---

1 《在熟人们中间》。——俄文版编者
2 《醋栗》。——同上
3 《樱桃园》:西妙诺夫-皮什契克。——同上有时在太阳西坠之后能看到某种不寻常的景象，这种景象只有在图画中才能看见，过后简直不能令人置信。[1]

知识分子把你——农民当作儿女看待，并把科学、文艺知识系统地而不是一鳞半爪地传授给你的时代是会来的，不过到眼前为止，你还是奴隶和炮灰。

基帕里安："日本人和黑山人[2]横竖都一样。"[3]

3月。严寒的气温，阴郁的天气，刮风、潮湿、霉烂——确是恶劣的天气，但春天还是不远了。

这不是女人，而是爆破筒。

谚语：掉进狗群里，吠也好，不吠也好，总是把尾巴摇。[4]

女人在恋爱时，她总是以为，她的恋爱对象对她已经厌倦了，还同时被许多别的女人所钟爱——这就能使她如痴如

---

[1] 《农民》。——俄文版编者
[2] 南斯拉夫的一种民族。——中译者
[3] 《主教》中西索伊（Сисой）父亲的话。——俄文版编者
[4] 《樱桃园》：西妙诺夫-皮什契克。——同上

补　遗

醉地爱你。

女医生束紧了紧身胸衣,发白的袖子卷得高高的。她已经加入了神秘教。[1]

女孩子穿着父亲的长统靴洗澡。[2]

一个老富翁,感到自己快死了,拿了一盘蜜来,和着蜜把自己的钱都吞下肚去了。[3]

被车轮轧断一条腿的人,老是放心不下那条断腿的靴子,后来设法找来断腿,原来靴子里有二十一个卢布。

X到友人Z家过夜,Z是个素食主义者。吃晚饭时,Z就向X解释,他为什么不吃肉。X听懂了这句话,但他对下面这个问题还是困惑不解:"既然如此,为什么还要喂猪呢?"X知道任何动物都希望自由,就是不明白自由的猪是怎么回事。晚上他睡不着觉,痛苦地发问:"既然如此,还要喂猪干什么?"[4]

---

[1] 《在熟人们中间》。——俄文版编者
[2] 《在峡谷里》。——同上
[3] 以下两条:《醋栗》。——同上
[4] 《彼契涅格》。——同上

囚犯笨拙地问，为什么要判他刑，这就像大富翁笨拙地问，为什么他会有那么多的钱，为什么他经管自己的财富是如此地不行。这样的谈话，通常是难为情和愚笨的，谈话以后，相互之间还会弄得意外的冷淡。[1]

主人很高兴的是：客人最后终于走了。但他却说："您不再坐一会儿吗？"[2]

小店老板互相争吵：魔王有没有尾巴。[3]

Недавнушка.[4]

钞票里发出一股鱼肝油的腥味。[5]

每个俄国人在俾亚利兹都受到赏识，所以现在那里已有很多俄国人了。[6]

---

1 《批评的机会》。——俄文版编者
2 《在故乡的一角》。——同上
3 《新别墅》。——同上
4 从"不久前"变来的女性名字。——中译者
5 《姚尼奇》。——俄文版编者
6 在重病之后，1897年3月，正在痊愈中的契诃夫遵照医嘱在南方过冬。他曾在巴黎、俾亚利兹做短暂逗留。——同上

居民在谈论中加深感情——不管谈的是什么东西。

Maximilian Harden[1]被派到塔干罗格去。Literatur und Theater.[2]

乡村女教师。她出身上流家庭，哥哥不知在哪里当军官。她父母双亡，出于贫困，只好去当教师。日逐一日，没完没了的傍晚，没有友好的同情，没有温存，也没有幸福的个人生活，更谈不上称心如意，所以虽然一直都向往着远大的目标，却总是看不到效果……有一次，她看到慢慢驰去的列车里有一位太太，很像她已故的母亲，她突然想起十五年前，自己还是小姑娘时的情景。她跪在草地上，虔诚地为妈妈的亡灵祈祷，温存地低声喊着："啊，妈妈！"……当她清醒过来时，她悄悄地慢步走回家去。以前，她也曾给哥哥写过信，也许他同自己疏远了吧，始终收不到回信。于是，她变得生硬了，僵化了……她走到学监或者保护人的门口，向他们说起他。神父对她说："您的朋友告辞了，去幽会了……冬丽娅。"[3]

---

1 德国人名：马来西米里安·哈登。——中译者
2 德文：文学与戏剧。——同上
3 小说《在运货马车里》的情节。——俄文版编者

关于猪的故事。一个地主因为天热,在睡觉前光着身子,他从一个角落踱到另一个角落,说:"请原谅,因为天太热,我只好赤身露体了。"[1]

克里克:有一次他在妓女那里遇见她的丈夫,以后他就不再到她那里去了,因为他很难为情,当他无意中遇见妓女的丈夫以后,他就转变了……[2]

尼谢戈罗德古城村。[3]

同那些什么丑事也会干出来的人一起共事,后来就会痛哭流涕。[4]

克里克:他,也可以说是个男人,他过去和现在,都很善于在女人身上下工夫。人家总是说他是个好人,因为他是那样慷慨大方和不讲求实惠,他真是个理想主义者。而他们(妻子和医生)只好忍心一下,不这样去责备青年人:"梭尔士,你们这一代已经不是那样的了。"这与青年一代有关吗?要知道,仅仅相差八至十年的时间,他们就几乎是同龄

---

1 写进了小说《彼契涅格》。——俄文版编者
2 《在熟人们中间》。——同上
3 《在运货马车里》。——同上
4 以下三条:《在熟人们中间》。——同上

人了。

克里克：妻子有一个女儿，丈夫很想同这个前夫生的女儿结婚。

彼特鲁沙："妈妈，来吧，家里还是很和睦的。来吧，我求求您。"

初看某个人迹罕到之处的工厂，它很安静、规规矩矩，但只要稍稍向里面看一眼，就会发现：厂主是那样糊涂和不学无术，工人是那样地愚钝、极端自私和无可救药，到处是口角、伏特加、虱子。[1]

瞎眼的、赤贫的少女歌唱着爱情。[2]

一位三十五岁的妇人是个中等水平的居民。当某男子引诱她并把她抱在怀里的时候，她想：他每月将给她多少钱，现在牛肉又烧得怎么样了。[3]

---

1 《批评的机会》。——俄文版编者
2 《主教》。——同上
3 《关于爱情》。——同上

小仆人：你去死吧，倒霉！[1]

工厂里有千把名工人。晚上，守夜人在板子上敲打着。劳动的是工人，痛苦的也是他们。而这一切都是为微不足道的工厂主干的。愚蠢的母亲，女家庭教师，女儿……女儿病了，到莫斯科去请医学院的教授，教授本人没有来，打发了主治医师来。主治医师听到守夜人的打更声脑子里就想开了。他以为是工地上的打桩声。"难道自己一生辛勤劳动，就像这个工厂的工人一样，只是为了微不足道的、饱食终日的、肥不可耐的、无所事事的、愚不可及的人吗？"

"谁在走动？"这里恰巧是监狱。[2]

"您好！请吧！"
"您有怎么样十全十美的罗马法吗？"[3]

有着纪念会、劣等酒和阴暗的自尊心的莫斯科。

费里莫诺夫全家人都很有本事——这是全城一致公认的。丈夫，一位喜欢在舞台上玩玩的官员，他会唱，会变戏

---

1 《姚尼奇》。——俄文版编者
2 《批评的机会》。——同上
3 《姚尼奇》。——同上

法，十分机灵（他惯说："您好，请吧！"）。而妻子则撰写自由主义的中篇小说，她模仿着写"我被你爱上了，啊，丈夫看见我们了！"——而这一套完全是从她丈夫那里学来的。在小说的前半部分，写到孩子们"已经死了，多不幸！"在这个无聊而兴味索然的城市里第一次出现了趣味和天才。我第二次去时仍然如此。三年以后，我第三次去的时候，他们的孩子已经长胡子了，但女作家还是"我被你爱上了，啊，丈夫看见我们了！"又是那样杜撰的"死了，多不幸！"当我从费里莫诺夫家里出来的时候，我认为，世上没有比这些人更枯燥无味而庸俗无聊的了。[1]

鼠目寸光的人，穿着套鞋，雨伞装在套子里，怀表装在灰色麂皮的套子里，小折刀也装在小小的套子里。当他躺到坟墓里去的时候，会发出微笑：他找到了自己的理想。[2]

地主：我起先也有知识分子的习惯，上了咖啡以后还上甜酒。可是当神甫两次喝了我的甜酒后，我就抛弃了这样的生活习惯，而改为在厨房里进午餐了。

小蜡烛烧着了马鬃。

---

1 《姚尼奇》。——俄文版编者
2 《套中人》。——同上

老爷对农民说:"如果你再不戒酒,那么我就要管教你了。"太太问村妇:"老爷在说什么?""他说要收养[1]我们了。"村妇为此很高兴。

你的面包是黑的,你的日子也是黑的。[2]

笔记本上的题词:老年的罪过。

神甫的老婆只肯占便宜而不能吃亏。

"一个人只需要三俄尺的土地。"
"你说的是尸体,而不是活人。人需要的是整个地球。"[3]

夏天蚊子和其他害虫很少,那是下雪下得少的冬天冻死幼虫的结果。花(荷包牡丹和雏菊)也被冻死了。

在工厂主家里的丧宴上,年老的教堂职员狼吞虎咽地吃起成粒的上等鱼子酱来。教士用胳膊肘碰了碰他,他却像什么感觉也没有,光顾吃,把鱼子酱吃光了。后来在回家

---

[1] 俄文 призирать 一词兼有"管教"和"收养"之意。——中译者
[2] 《在峡谷里》。——同上
[3] 《醋栗》。——俄文版编者

的路上，发怒的教士一句话也不和他说。晚上，那职员跪在教士面前请罪："饶恕我吧，看在耶稣的分儿上！"但教士始终没有忘记鱼子酱。当人家问："那是怎样的一个职员？"教士照样会回答："就是在赫雷莫夫家偷吃全部鱼子酱的那个。""这是哪一个村子？""就是偷吃全部鱼子酱的那个职员住的村子。""这是哪一位？""他就是偷吃全部鱼子酱的那个职员。"[1]

当你恋爱时，只有那样的物质财富才能打动你；没有人会相信，你会爱上某些柔情和温存。[2]

当壕沟里的水开始上涨、蔓延时，我为什么要等它自动封口，或者等淤泥把它填满呢？我要是从上面跳过去，或者搭一座桥走过去，不是更好吗？[3]

终身的犹太人。

来到"新村"，根据教士的凭证，把蘑菇卖给蘑菇商，赚了二千卢布，每磅五戈比。

---

[1]《在峡谷里》。——俄文版编者
[2]《关于爱情》。——同上
[3]《醋栗》。——同上

给亚美尼亚人以兄弟般的帮助。[1]

衬裤上的花边,好像是蜥蜴身上的皮。[2]

修士大司祭比纪利姆把自己的著作《肉体与灵魂》五十册赠送给委员会。虽然一本也没卖出,但书店老板的太太Z已经做了安排。谁知她把订购的收据遗失了,订购者和她大吵起来。

区衙门里装了一个电话,但不久以后就打不通了,因为里面爬满了蟑螂和臭虫。处女所不会改变的是——惊奇![3]

登场人物:Солёный.[4]

文牍员从城里给妻子寄去一磅鱼子酱,还附上一纸短笺:"为了满足您的肉体需要,特寄上鱼子酱一磅。"[5]

曾经是木匠和包工头的X,总是以修理的眼光去看待一

---

1 关于文学论文集《给在土耳其受难的亚美尼亚人以兄弟般的帮助》的讲话。——俄文版编者
2 《带狗的女人》。——同上
3 《在峡谷里》。——同上
4 《三姐妹》。солёный 意为"咸的"。——中译者
5 《在峡谷里》。——俄文版编者

切，但是为了妻子的健康，却不能再干修理工作了。N以此来引诱他：在自己的大厂房里，可以安静地、有节奏地工作，不会发出轰轰作响的声音。这就意味着：在工厂大楼的车间里，整个机器的运转是正常的，所有的螺丝都拧紧了。[1]

洗衣妇的儿子，一个小男孩问长官家附近的邮局："你们的收入是按日算的，还是按月算的？"[2]

X.X喋喋不休地讲自己的生活。

秘密警察来到乡下的家里，他穿着套鞋，露出了衬裤，故乡使他懂得，他远离了多么好的人。他看了农民一眼，一切烦恼都涌上心头："他的衬衫是偷来的！"结果真是如此。

四等官给自己搽香粉。[3]

他是一个好人，真是无话可说。

凭你的面子去请求给一点帆布。[4]

---

1 《在峡谷里》。——俄文版编者
2 《主教》。——同上
3 《在峡谷里》。——同上
4 开头原来还有"恭维话"一词。——同上人家告诉教师:给他——伊凡·伊凡诺维奇起了个绰号叫"白蘑"。

亚历山大的妹夫当了个包工头,但是按照老习惯,他还是步行来回。

乡下人这样描述村长:他们每个词的开头都用大写字母。

他请求:"行行好吧,上帝赐福于您!"我给了他施舍。我看得出,这是个安琪儿。"你怎么知道,这是个安琪儿?""你瞧,他是这样看我的。当我再到那里去的时候,他就不见了。"

机械化的钢琴。

"卡佳,谁在下面一会儿开门,一会儿关门,弄得好好的门轧轧作响,像是在哼叫似的?"
"我没有听到门响,爷爷。"
"可你现在听到了吧,有人走过去了……听到了吗?"
"那是您的肚子在叫,爷爷!"[1]

---
[1] 《主教》。——俄文版编者

徒步走了十六俄里，到了火车站。火车还得一小时才来，只好到小饭馆去喝茶。一杯接一杯，贪馋地喝着。茶越喝越多，越喝越浓。最后问跑堂的，得付多少钱。他回答我说，只要六戈比。

上层俄国人固然有崇高的思想方式，可是，为什么在日常生活中，他们所采取的手段却并不高尚？

你要是去听俄国人说话，那净是"累坏了"之类：和太太在一起，累坏了；在家里，累坏了；在领地上，累坏了；骑马，累坏了……[1]

世上要没有我们多好啊：过去就没有我们，一切不都非常美好吗？

一个特别尊敬圣像的村庄，人们总是成群结队地去做弥撒。父亲阿历克赛为了"奉献祈祷"成功，带了自己的侄子伊拉里昂来帮忙；伊拉里昂读了领圣饼的领条和记录簿，他读书读了十八年，还从来没有人来请教自己，不知是对还是不对，他只拿到做弥撒用的二十五戈比。偷还是不偷，怎么办？弄不清楚，因为他从来没有考虑过这个问题。过了

---
[1] 《三姐妹》。——俄文版编者

十八年,他突然在纸上写着:"但是,伊拉里昂,你真是个笨蛋!"[1]

从教会中学毕业的教师,是个醉汉,常常打学生;他住处的墙上挂着一束鞭打学生用的桦条,上面写着:

betula kinderbarsamica secuta[2].

啊,如果爱劳动的再加上有教养,有教养的再加上爱劳动,那有多好呢![3]

杰米扬神父醉到浑身颤抖、乱说胡话的地步,所以人家就称他为"醉得发抖的杰米扬"。[4]

漂亮的女人,却有一副讨厌的嗓子。

简而言之,应当像暴风雨般地生活,不准懦弱。

神甫的儿子狂怒地骂着小厮:"啊,你这头耶稣基督的

---

1 《主教》。——俄文版编者
2 各种语言词汇的滑稽组合。譬如说:为孩子们治病用的鞭笞的小白桦。——同上
3 《三姐妹》中维尔申宁(Вершинин)的台词。——同上
4 《主教》。——同上

母驴!"神甫一句话也没有说,并且很惭愧,因为他实在想不起来,《圣经》上哪里提到过这头母驴。[1]

有一棵树枯萎了,但它还是和别的树一起随风摇晃。[2]

全体登场人物都问N:他身上怎么会发出狗骚气?[3]

瓦尼亚,把小刀子擦亮!

您是一个过于自信而令人讨厌的人。

主教记起来,他是怎样在使徒教堂里当修士大司祭的,那瞎眼的讨饭婆又是怎样每天在窗子下面唱爱情歌的。[4]

一谈起庸俗的女人,我是多么恨你们。

老爷坐头等车厢。我和仆人坐二等车厢,我们交谈着。

至于茶,那是一种温热的饮料。

---
1 《主教》。——俄文版编者
2 《三姐妹》。——同上
3 《樱桃园》中雅莎的台词。——同上
4 《主教》。——同上

在老人那儿过夜,并同他交谈。

亲爱的女铁匠!

一张醉脸火一般燃烧着。

兵士:在演军事剧目的剧场里。

"德国人造出了一个猴子。"造出的这个猴子比真的猴子有趣得多。

一位耳聋的先生从乌法[1]获悉:那里过去曾有过太太……可现在不常有太太了……现在,那里的太太们已经穿皮袄了……

火车站。邮箱挂得很高,高得你够不着,又没有可以接脚的板凳。还有一股臭气。

大家都说,某剧中人物身上发出一股鱼的气味。

---

1 乌法(Уфа):苏联巴什基尔自治共和国的首府和经济文化中心。在乌拉尔西部卡马(Кама)河的支流上。1574年建为要塞。——中译者

关于喝马奶对健康有益的谈话。

顿河流域有个名叫特洛伊林的人坐在"皮雅内依-鲍尔"里，研究它、赞颂它。什么"打夯"河呀、"冷酷"山呀、"五山"萝卜呀等等……他的研究成果，偶尔也在省报上错字连篇地发表出来。但一家工厂就在这个"皮雅内依-鲍尔"里建造起来了，一切，包括成篇成首的诗篇，统统见鬼去了。[1]

还没有这样的机会——乘火车、坐轮船不必从我这儿多拿走一笔钱。

他这样署名：Гаврыленко[2]。

跟着我的不知是妹妹还是妻子……半夜里她突然哭起来。"你怎么了？你为什么哭？"回答的是缄默。

---

1 特洛伊林（Троилин）：据俄文版编者注是诺伏契尔卡斯克（Новочеркасск）的出版商。"皮雅内依-鲍尔"（意为"醉汉的松林"）是卡马河上一个小地方。1901 年 5 月底，契诃夫曾到过这里，顺路在阿克赛诺伏·乌菲姆斯珂伊（Аксеново Уфимской）省会喝酸马奶。这一条中的"打夯"河、"冷酷"山、"五山"萝卜等都用来形容特洛伊林用词不当。——中译者
2 此人名 Гавриленко（加富利连珂），却喜欢署名 Гаврыленко（加富雷连珂）。——同上

X整天说着股票。

两个掷弹兵到法国去了,暂且把快乐的女朋友们丢在一边了。[1]

一篇戏剧:患白翳症。

我看见装在粗劣镜框里的自己的丑像。

一篇戏剧:N因为疲劳过度而睡觉了。

Guter Mensch, aber Schlechter Musikant.[2]

中饭吃得很多的小男孩。

登场人物还想谈谈精神和思想。(à la 米洛夫)[3]

清晨,太阳出来了。

---

[1] 把 Г. 格依涅的诗《两个掷弹兵》和 Н. А. 涅克拉索夫的诗《三套车》中的几句结合在一起。——俄文版编者
[2] 《樱桃园》。德文:他是个好人,却是个蹩脚的音乐家。——同上
[3] à la,俄文中习用之法文,意为"仿效"。据俄文版编者注,米洛夫即维克多·谢尔盖耶维奇·米洛留勃夫(Виктор Сергеевич Миролюбов),《为大家》杂志的编辑兼出版人。——中译者

监督司祭对司祭和教堂职员的行为、品德都用各种记号记下来,最后甚至连他们的老婆、孩子也不能幸免。[1]

我们说一个人死亡了,无非是说他的眼、耳、鼻、舌、身五种感觉消失了;而在这些感觉以外的,诸如巨大的、难以想象的、崇高的精神,想必还在我们的感觉之外存在着。[2]

给他装上个猪嘴。

一个驼背的人,但他的个子很高。

要是我今天被烧伤,一定会感冒,就像我有一次胸口疼一样。

疗养地。他说:"告诉老爷,长官从沙拉布里来。"

我们常常讲谎话,这是不是一种惯用的斗争方法?这种方法能够"锻炼"人,并最终使人引出某种"经验教训",也许将来还能用这种方法干出什么来。实际上,它只能腐蚀

---

[1] 《主教》。——俄文版编者
[2] 《樱桃园》:特洛菲莫夫(Трофимов)的台词。——同上

人，使人的道德水准下降以至最终损害人。

他并不懂得音乐，但他认为他是精通音乐的。

小说中的主人公整天都在喝茶。

N太太已经吃了很多，可她却说："我还要吃冰淇淋。"

巴达尔巴申[1]的小市民。

N在日记中把自己的母亲写成聪明非凡和善良的老太太。但实际上他的母亲既肥胖，又愚蠢，而且十分傲慢。

母亲打发当中学生的儿子去摘黄瓜，要他摘满半个量谷器，谁知儿子骑着马去把黄瓜统统吃掉了。

"妈妈，给我香肠！"

"你的未婚妻好不好？"
"她们全都是一样的。"

1　Баталпашинский，由"战斗的"和"野兽下腹皮"、"多筋的牛肉"两部分意思构成。和"小市民"连用，当指其好斗、且有"韧"劲。——中译者

在教堂里吃斋，肉体全被玷污，
我要么砸烂蟒蛇，要么化为尘土。（赞美诗片断）

N哪一种话都说不好，因为在十年之中他的本国语言忘掉了，而又不肯学俄语。

女儿高声朗读马尔利特[1]的作品，母亲一面听着，一面不时指责作者和现代派的不道德行为。

列宾的画是睡眠过度者的劳作，却不是妄自尊大者的劳作。

愚人：不知谁在十字架上写道："这里躺着一个愚人。"

街上只住着老太婆，因为她名叫 Грибная[2]。

柜子放在屋子里已经有一百年了，从商标上可以看出这一点；官员们正在向他打听纪念会的事。[3]

---

1 Марлит：笔名叶甫盖尼·扬（Евгении Ион，1825—1887），德国作家。——俄文版编者
2 意为"蘑菇的"。——中译者
3 《樱桃园》。——俄文版编者

人们把改信基督教的律师N称为：Жидишка[1]。

色调令人不快的人。

正误表：啤酒（Пиво）系文明（Циво）的误写。

在这个世界上，人生是多么艰难……吃过中饭……我希望您遭受到各种各样的灾祸、忧伤和不幸……逃脱……

N从早到晚所有的时间都在喝茶。

一个工艺技术工程师四十三岁了，可是他还没有找到住处和工作单位。

女电报生N是私生女，别人同她开玩笑，说Z是她的父亲，她竟深信不疑。

戏剧中的人物：安娜·叶果洛芙娜。

N常常喜欢说："一来……二来……"

---
[1] 意为"犹太佬"。——中译者

Герасим Ящерица[1].（人名）

不讲体面就是我的利欲熏心之道。

尽管他很开明，却对电话和自行车深恶痛绝。

某女人的喁喁情话："他同时在两个系毕业了。"

为奥尔加做的棺材。棺材制造商的老婆要死了，他为老婆做了口棺材。两天以后她还没有死，棺材商急急忙忙把棺材带走了，因为明天以及以后那几天是复活节那样的重要节日。第三天，她还是没有死，所以当人家来买棺材时，他不管老婆死了没有，就把棺材卖了。当人家对他老婆表示哀悼时，他破口大骂自己的老婆。在老婆快死时，他已经把棺材记入了支出账，还给活着的老婆量了量尺寸。这时，她对丈夫说："你还记得吗？三十年前我们生了个金头发的娃娃，我们一起坐在小河边。"她死了以后，棺材商走到小河边，三十年过去了，当年的小柳树已经长得相当大了。[2]

---

[1] "蜥蜴"之意。——中译者
[2] 小说《罗特希尔德的提琴》的情节。"棺材"的书法，想必是模仿棺材商雅可夫在支票簿里的亲笔签名。——俄文版编者

谋杀。尸体扔在峡谷里。预审员是个没有经验的年轻人。这是一个很小的城镇，搜寻凶手搜了很久，也没有抓到。这时，隔壁的一个小店老板跑来，说："给我一千卢布，我就能抓到凶手。这件事，我全知道。等一千卢布到手，我就告诉你，凶手是谁……"说着就格格地笑起来。预审员不肯把钱给老板，因为如果让老板抓住凶手，他自己就该辞职了。

请到沙巴涅耶夫那里去进行"朗茨贝尔格狩猎"。在围猎中，看到那残酷的格斗场面，说不定，未来的朗茨贝尔格狩猎也就被决定了。[1]

戏剧材料：
来自屠格涅夫：你好，我的妻子，你面对着神和人！[2]

排字工人谢尼亚，人家给他起了个外号叫"黄莺"、"小黄莺"。

你不要对谁讲，我喝酒了。其实，女人们喝酒，要比你

---

1 沙巴涅耶夫（Леонид Павлович Сабанеев，1844—1898）：动物学家，《自然界和狩猎》（《Природа и охота》）杂志的编辑兼出版者。朗茨贝尔格（Карл Христофорович Ландсберг），近卫军退役军官，契诃夫在萨哈林岛遇见他时，他是服满苦役的刑事犯。——俄文版编者
2 屠格涅夫长篇小说《前夜》。——同上

们想象的多得多。[1]

他的爱好游移不定,这一点断送了他。天才断送了他。最后,他对尼娜说:"你找到了出路,你得救了,可我呢——完了。"[2]

牵着哈巴狗的太太。

我们几乎总是宽恕了我们所理解的事情。(莱蒙托夫[3])

丈夫还在喘气,他管客人叫作"可爱的"、"宝贝儿"。他曾经认识一个女医生。当她还是个女孩子的时候,她是非常聪明伶俐的。但现在她变老了,也不再懂得很多东西了。[4]

丈夫有一件单排纽的短襟上衣,纽子一扣上,在那肥胖胸脯的压力下,就像马上要绷裂了。

---

1 《海鸥》:玛莎的台词。——俄文版编者
2 《海鸥》。——同上
3 Михаил Юрьевич Лермонтов(1814—1841):俄国诗人,1837年因普希金被害,写出诗篇《诗人之死》,被流放到高加索,1840年二度被流放,次年死于决斗。有诗篇《孤帆》、长诗《恶魔》、中篇小说《当代英雄》(这句话即为书中主人公毕巧林的格言)等作品。——中译者
4 以下四条:《在熟人们中间》。——俄文版编者

女医生束紧了胸衣,显得袖子很大。

丈夫一直在为自己的兽性得不到满足而忧虑。

和戈里亚施金[1]谈道:农民们自己所草写的请愿书,肯定是得不到批准的。

大家在讨论粮食等必需品时,互相争吵起来,互相责骂;他们谁也不相信谁,又谁都不怕谁。谁开着小饭馆,还把顾客灌醉?农民。谁把学校的经费都挥霍浪费了?农民。谁在会议上滔滔不绝反对农民?——还是农民。[2]

保障安全大会——吃的大会。

克里克:他在女人身上很下了点功夫,大家都说他是个理想主义者。[3]

11月18日,有个穿着秋大衣、戴着帽子、提着手杖的、

---

[1] Константин Андреевич Голяшкин:谢尔霍夫县的县长。——俄文版编者
[2] 《农民》。首次在《俄国思潮》杂志发表时,这部分被书刊检查官删去了,出单行本时,作者又把它恢复了。——同上
[3] 《在熟人们中间》。——同上

体重七十二公斤的人上吊死了。[1]

三只猫头鹰。一枪打去,三只猫头鹰都掉下来了。为什么?因为:巧——合——了。

年轻的男爵夫人耽误了吃早饭,为的是让我们看一看她的新帽子。[2]

姚尼奇发胖了。他每天晚上都在俱乐部的大餐桌上吃晚饭。当话题转到屠尔基内耶时,他问:

"你们说的是哪一个屠尔基内耶?是女儿会弹钢琴的那一个吧!"

为了他自己个人的利益,城里人可以装出大方的样子。[3]

先生们,甚至从人道的角度来看,所谓幸福也是某种很可悲的东西。[4]

必须在人们的心里培养良心和镇静。[5]

---

[1] 1879 年在尼斯发生的事。——俄文版编者
[2] 来自对尼斯的"Pension Russe"(俄罗斯膳宿公寓)的观察。——同上
[3] 《姚尼奇》。——同上
[4] 《醋栗》。——同上
[5] 以下四条:《醋栗》。——同上

自负心的增长,使我们的姓氏——契木沙-喜马拉依斯基,已经变得响亮和宏伟了。

稳健的自由主义是狗所需要的自由,但仍然要把它拴在锁链上。

仅仅一个统计表,也还是要受到非议。

丈夫外表温文尔雅,但恰恰是他被人家给出卖了。[1]

17日,星期天。仆人说:"捉鱼——这是多么没有教养的事情啊!四十年前,这里连一个村庄也没有,而现在……"[2]

菲尔斯:"在不幸面前是如此低沉的悲鸣。""在什么样的不幸面前?""在意志面前。"

"农民喝酒喝得很快,"罗巴辛说,"这倒是确实的。"

罗巴辛:"想给自己买一小块领地,想把它弄得漂亮些,

---

[1] 《在熟人们中间》。——俄文版编者
[2] 以下四条:《樱桃园》。——同上

除了在入口处竖一块'闲人免进'的路牌之外,什么也不想了。"

我们并不懂得真正的劳动。

正是这个彼佳,娶了叶莲娜·彼特罗夫娜·斯姆雷金娜——你知道吗?她是官宦之家的女儿,早在六岁前已经名列贵族阶层了。她的纹章想必应该是刺鱼、鳊鱼、下等白酒瓶,因为她的祖父是在哈尔科夫开鱼行的;而要知道,她的父亲又在税务局供职。老头子想使鲍耶夫成为真正的旧门阀贵族,娶伯爵小姐为妻,还当上皇帝的侍从长等等。他的先人用几尊圣像达到了目的。"但我仍然认为,重要的问题不在于这门亲事门不当,户不对,而是在于鲍耶夫——正是这个彼佳,仅仅只有二十四岁,这个年龄可不是讨老婆的时候,而是学习的时候。站在父亲立场上,我用桦木条把他揍了一顿……"[1]

"……你从幸福的光流中看透了我的思想。"

她读着抄在一页页信笺上的、由一个老头子(她丈夫熟悉的同事)杜撰的祈祷词。这份祈祷词是如此的美妙,以

---

[1] 《结婚》的片断,据笔迹判断,是在八十年代中叶写的。文中彼佳即鲍耶夫,这是彼佳父亲的一段道白。——俄文版编者

致在它简明扼要的体裁和寻常的对话式语言中,竟包罗了幸福、孩子、疑问以及怀念故人等等丰富的内容。奥莉加·伊凡诺芙娜经常祈祷,而且在每一次祈祷中都能找到新的东西,发现新的魔力。现在她的表情特别愉快——这种愉快的表情她从前可没有过:"太阳光焰无际,而我的思想却是如此昏暗。"烛光在红色、绿色小窗玻璃上闪烁着,跳动着,反射在一尊小小的圣像头部、面部的金饰上,这是多么美妙和可爱呀,以致奥莉加·伊凡诺芙娜懊悔不已:祈祷词念完了,可她还没有对上帝说些什么。[1]

阿辽沙不想睡了。今天一早起来,他就在药房里看见了死人。接着,在五点钟光景,他骑上马没下来,冻坏了。这以后,他和一个同伴吃早饭,两人喝光了一瓶葡萄酒。中午他没有回家吃饭,又喝了一瓶酒。最后他回家了,一直在房间里踱来踱去,一面走一面想:当妈妈和妹妹亲自带领伊凡申来的时候,他高兴得连时间过去了都没觉着。现在,他似乎感到缺少了点什么,但又讲不出想要什么。他整天都沉默着,现在想说话了,一说就刹不住,一连讲了三个钟头光景。

在古代,当"神人同性同形说"把自然力和人所信奉的神

---

[1] 以下十四条,原来准备用进一个中篇小说里去,后来却没有写成。——俄文版编者

祇相提并论时，对雕塑和人体美的崇拜是有意义的，而现在，我们已经有了宇宙体系等东西，再崇拜它们就没有意义了。

婶婶谈到Жд.时说，他很喜欢她，一直很喜欢；要是他不想她了，那就是用不着她了！

伊凡从Виш.那儿回来，对Я说："你懒洋洋地走到澡堂去，好像立了大功似的；但如果你转身回去，那也很好。现在，你懒得上B那儿去，不想去，如果你离开这里，上他那儿去，那也很好。"

人的一生建立在预见之上。（雅尔塔语）

为了解决财富、死亡等等问题，首先得弄清楚这些问题。为此，必须进行积极有为的、智力的、精神的工作。

这些少女愚弄婶婶。

关于婶婶的议论：她爱的不是我，而是她自己对于我的责任。

关于军官利萨的议论：我不喜欢这样的音乐；据她的

判断，这个年轻人是个大学究。

母亲的房间里有张带有小孔的沙发椅。

这是你吗？这是你吗？

识字委员会。识字选举委员会。

莫斯科是注定有很多痛苦的一个城市。[1]

盖尔巴勒有一个俄国姘头罗布申娜。他同她生了三个孩子。

米什卡老是那样踱来踱去，仿佛第一场乡间舞蹈开始了。祈祷者，还不时有纸牌占卜者。玩过牌之后，带着斯莉娃久久地向上帝忏悔和祷告，在自己舒适的房间里焚香。[2]

2月3日午餐之后——你，也许在女人方面能大获成功。

安娜·阿基莫芙娜面色通红。

---

[1] 中篇小说《三年》。——俄文版编者
[2] 以下二十五条:《村妇们》。——同上

晚上想道：是什么如此有力地把她拖到工作环境里去的？垃圾、臭虫，还是恶臭？不，不是这样的。是不文明吗？不，也不是这样。她决不会拒绝接受教育，譬如说，拒绝学法文，以及能够阅读那些优秀作品的本能等等。是贫穷吗？她又不想成为一个穷人……那到底是什么呢？像健康、强壮、笃信宗教这样一些素质，她的父母亲都有，但她是没有的。

工厂事务方面的一位忠实的代言人，健康、肥胖、富有，除此之外他曾经中彩赢到过七万五千卢布。他对中彩一事守口如瓶，只想好好地吃一顿，特别是想吃一点干酪和麦薹形巧克力。他说话有条不紊，非常流利，他为了卖弄风情，拖长了声音说："我——"，还故作口吃。他在庭审时所说的一切，很久以来自己也已经不相信了，就是说，他多少有点相信，却不肯做任何公正的评价。他的所作所为早已令人厌恶、烦恼，感到陈腐不堪……他喜欢的只是一种奇特的东西。人所共知的道理，采用奇特的表现形式，甚至催人泪下；即使是最荒谬、最淫乱的腐化行为，他都能绘声绘色地大加宣传。2月3日吃过中饭，他对安娜·阿基莫芙娜说："独立自主的女性——我理解她们的富裕和年轻——应当是聪明、文雅、博学、勇敢，还稍微有点儿放荡……稍微有点儿，因为过度了就会有害……她不能像一般女人那样生活，而应当品尝生活；要轻松地放荡，像吃点调味品似的对待生活……"

他不喜欢自己的老婆，却爱上了安娜·阿基莫芙娜，同时还和斯莉娃轧姘头。他盗窃枕木得到二万卢布的赃款。

安娜·阿基莫芙娜说："我不喜欢老家的房子，住在那儿真有点怕人——爸爸就是在那儿中风昏倒的。"

当比梅诺夫在3月3日傍晚看见大批马车和雪橇时，他想：不，那是受不了的……

安娜·阿基莫芙娜和斯莉娃先是坐在一辆普通的马车里，接着又去看望喜欢睡觉的阿尔卡其亚……吃吃的笑声，单独的办公室，多少美妙，一份上等鱼子酱，牡蛎，葡萄酒，由于仆人而感到羞愧，最后是在阿尔卡其亚那里谈天。

比梅诺夫看不起慈善事业，称之为吃闲饭的机关："如果每个人都很精通自己的业务，那就没有穷人了。"厂长要了解工人，法官要了解被告，机师要了解火夫……

代言人说："您瞧，阁下您，请您告诉她，到时间招呼我们吃中饭。她的厨子是个头等好厨师。"

安娜·阿基莫芙娜:"我不起来招呼他了,请随便来吧。"

代言人:"顺便说,她的命名日快到了……2月3日,请阁下光临。"

卡尼岑(佩着史坦尼斯拉夫勋章绶带):"我认为这是愉快的义务。"

代言人:"米沙,你去对厨师说,命名日那天一定要有一个鲶鱼做的菜。阁下,他所做的菜——呶,简直不是普通的菜,而是上帝的启示。"

安娜·阿基莫芙娜:"我们和工人之间有什么特殊区别吗?——不,为什么不去比较?"

代言人派米沙去买点零食、点心来。

用鼻音讲话,你听起来就像是在电话听筒上听到的声音一样。

他爱读屠格涅夫的作品,喜欢处女歌手,喜欢她的纯洁,年轻,华丽的词藻以及忧郁的俄罗斯大自然。但他自己所想要的处女的爱情离他是很遥远的,据说就像现实生活之外存在的某种抽象的东西一样。

他很喜爱文学，几乎读遍所有当代作家的作品。但他不大喜欢当代文学：它本来应当像它所应有的那样；如果它是那样的，它就应当是那样。但是……它有了某种特别的色调。生活好比排队进监狱。当代文学应当教会人民怎样飞速前进，或者预示自由的到来，而现在它就像监狱般阴暗和潮湿！啊，在那监狱里你是多么的丑恶！啊，你一定会灭亡！

醉汉恰里珂夫在街上对她行了个军礼。

安娜·阿基莫芙娜（对马车夫）："你知道，婶婶把你开除了，你去求求她吧。"

婶婶："婶婶算什么？你才是这里的主人。对于我来说，但愿什么地方都看不见那下流东西才好！咴，起来，猪猡！"（在另一次）"安娜·阿基莫芙娜最后一次饶恕你，滚出去，下贱东西，要敢再犯罪——就别想请求宽恕了！"

代言人："不，亲爱的，这一点还是请你再三想想的好，再三想想的好！"

她看见，他俩在楼下，一人给了米申卡一个卢布。

М：米申金娜·米申卡在捉弄她，我不想看到这件事。

当雷谢维奇吃到干酪时，甚至高兴得哼起小调来。

我们的兴趣爱好并不一致：你本应成为一个淫荡的人，我已经经历过这个阶段，并开始想到爱情了——由最精细的，看不见的东西组成的轻浮的、灵巧的、不可捉摸的爱情。这爱情是最最微妙的东西，它不是物质的，就如太阳光一样。

爱情必须以对丈夫、孩子和家庭的义务为前提。我对人生的理解是：不能光满足于大吃大喝，而且食欲也会逐月减弱。我以为，这种减弱只有爱情才能弥补。

金花虫。它遵循着自然法规，到那时，它会说：——"散步去，马拉斯卡！"

继续过这种生活，就能产生这样一种懒人——通常，这将构成犯罪。

在他有客人来访的借口下，他未被邀请到城外去开会。在这期间，他终于打听到，人家不想吸收他加入协会。[1]

---

[1] 以下二十一条:《三年》。——俄文版编者

Я之所以这样说,是因为他已经向学生们做了解释。

Ф打开了表壳,并一直看着它。

"再见,但现在你会发生可怕的变化!"
"对,也许是这样,我会发生变化的,因为我开始认识到自己是个真正的俄罗斯人,希腊正教的信徒。"

她的反对者对她已经无话可说了,只有他还在絮絮叨叨。

因为没有向他祝贺生日,医生表示很不愉快。

他花了很大一笔钱买了些艺术品,后来才弄明白了,原来那是粗劣的赝品。

当驱车驶过那幢别墅时,就勾引起了到索柯尔尼克村旅行的那段时间的愉快的回忆。

贫穷有一种特权:如果不向你借钱,就可以鄙视你。不要剥夺我的这种特权。呵,我知道,您总是……给他寄来书、照片、信和笔记,这一切都来自一个词儿:完了。

雅尔采夫夸奖女孩子说:"最美妙的一代正在成长。"

啊,有一种东西比你所买不到的财富还要值钱。我可不是小云雀。

她的信仰宗教,乃是可以隐藏一切的借口。

人家告诉我,那人不像是个好人。

柯斯佳开始讲述他在某个时候读过的中篇小说的内容。

萨沙穿过庭院跑到雪地里,长凳上只坐着一个保姆。没有一个富人丢钱给她,因为他们尚未树立这样的信念:投钱救济她是行善。

当彼得还没有出名的时候,他是萎靡不振的。

今天,那个法国老头自己给自己洗了澡。

曝光过度和曝光不足。

柯斯佳的祝酒词:"为求上帝不使我们窒息地生活,为理想主义者的意义比清道夫更大而——干杯!"

她造谣说:他的艳闻使她很高兴。他无论何时都能弄到戏票。尽管他一生中到农村去不超过五次,却酷爱描写农村和地主的庄园。

女家庭教师马里娅·瓦西里耶芙娜哈哈大笑,不知为什么没能留下来。(一般说来,请读读这本小书,但不必特别相信它。)

当时,我就到伏洛戈拉姆斯克来了。

皮肤黝黑的美人儿,她把小姑娘们都教成神经质的人。[1]

爱情总是重要的和新鲜的事情。

"不,兄弟,你的思想已经被神经质所扰乱了。"
"难道,不同意你的意见,就算是被神经质所扰乱了吗?"

先生,我所能向您奉告的仅仅是:您没有住在外省,是

---
[1] 《三年》。——俄文版编者

多么的幸运!

受贿和告密是坏事,而恋爱却是不会伤害任何人的。

历史理应不是帝王的家谱和争斗的史实,而是思想的历史。

罗曼诺夫,他的起居行止从来没有见过报,他把这解释为是因为有检查条款的缘故:"是的,我并不是一个英明的行政官,但同时却是一个可敬的规矩人,而现今这一点是相当可贵的。我所悔恨的是,我曾经欺骗过一个女人,但对于俄国政府来说,我始终是个Gentleman(绅士)。"[1]

优秀的文学作品(例如别林斯基的作品)对犯人的作用越小,他改恶从善的希望就越小。

我想,只有到来世,人们才能平等,在地球上是谈不到平等的。甚至宗教也是如此认识老爷和奴隶、富翁和穷汉的……(尤丽娅·谢尔盖耶芙娜语)[2]

---

[1] 《三年》。——俄文版编者
[2] 《三年》。——同上

婆娘们梦想：如果谢尔盖（经理）死了，免税权就可以还给菲多尔（当兵的）了。[1]

在小饭馆里带来了痛苦。

找水得往下走很远。

O 喜欢"аще"[2]这个词（аще——如果别人打你的左颊，就把右颊也伸给他）。

奥尔加打发老头子给丈夫上坟。

耳环——这就是自由自在！

但在斯拉夫-巴兹，这个时候已经吃中饭了。

基里亚克追赶奥尔加一直追到莫斯科郊外。

后来奥尔加在莫斯科收到老家来信：向她诉苦，说什么老头子们还没死，常常跑来吃白食。

---
1 以下七十二条：《农民》。其中不少后来未付印。——俄文版编者
2 古俄语中连结词，意为"如果"、"当"。——中译者

尼古拉在乡下的老婆面前感到害臊。

基里亚克跑到莫斯科来大叫大闹。

农舍被处以罚款。

教妻子识字,并不是你的工作。

基里亚克好像已经来了。

五年过去了,奥尔加没有多大变化。

基里亚克借了某人的大礼服,在莫斯科拍了一张照。

关于醉汉:不抱什么希望。

村长有一幅巴捷别尔格的肖像。

失火时,别的地方也响起了钟声。

大家怀疑有人放火——这是一定的。

H谈到阿莫诺夫家的用人时说:"这是我的恩人呀,多亏他,我才成为一个好人。当他看见妈妈和弟弟又穷又蠢的样子,就恨得不得了。"

陶工正在烧制陶器。

奥尔加被解雇了,因为基里亚克常去找她,并且吵吵嚷嚷地打搅了别的房客。

女仆在某家帮佣,不给工钱,只管她喝茶。

莫斯科所有的公寓她都知道。

从奥蒙来的老用人,他的儿子是个排字工人。

农民在屏风后面说:"我把老爷领来了。"(带着委屈的口气)谁也没有看见他,什么时候也没有看见他。

奥尔加已经很久没到教堂去了,她没工夫去。

乞丐们往往顺路跑到农舍去。

肥肉养肥了莫斯科的肥头大耳的人们。

每一个人都在莫名其妙的纠缠和妨碍中生活着；爷爷背上害了个疮，奶奶既厌恶又忧虑，媳妇们感到痛苦，孩子们饥火难熬，疥癣又是那么可怕，只有奥尔加一个人的生活是安乐的，她始终是孤独而安稳的。

地方自治局在哪一方面都是有罪的。他们不懂地方自治局是干什么的，但有着灵巧双手的工厂主和商人们开始说到它。

奥尔加离开公寓已有六天了，没在家里过夜。女儿很危险，晚上是多么困倦，但她哭过以后，就在这个晚上出去赚钱了。

农民不怕死，却害怕生病；他们往往多穿衣服，有病就赶快去治；老婆子们还常常去做礼拜。"我——我——快——死——了。"有钱的农民不怕死，也不相信天国。

基里亚克兄弟是个山林看守员，也是个醉汉，他龇着牙，嘲弄地睁开眼睛，用鼻音说："也是，莫斯科人！也是，莫斯科人！"反复唠叨个没没了。

青年要比老头子强。

居民的粗鲁无礼是长官本身的行为所造成的,特别是那些攀龙附凤的小官吏,甚至那些首脑、寺院长老,以至法律本身——这个法律蔑视老百姓就像对待最低等的动物一样。

春汛。

无论是村妇或是老妪,城里都一回也没见到过。

亲爱的婶婶,为什么我会这样高兴?

晚上,萨莎坐在街心花园里,想着上帝,想着灵魂。但是,对生活的渴求遏制了这种思想。

老爷们从那个地方来买陶器和糖。

漂亮的少奶奶到河边散步;她为外来人把面包一片片吃光了而对他们发脾气:"身强力壮的时候,什么也没送来过;现在生病了,倒打发你上我们这里来了。"

当基里亚克在大吵大闹时,萨莎嘟嘟囔囔地说:

"千万千万,叫他的心变软些呀!"

奶奶疼爱基里亚克,他从莫斯科给奶奶寄来了自己的照片。

到秋天基里亚克被解雇了,他就住在农舍里。

K.A想把萨莎带到拉皮条的女人那里去,可是萨莎不肯去,她说:"我才没有必要给什么臭男人看一看呢!"

谁不肯斋戒,就罚他交十五戈比。

拼版工干活时总是和别人有一定距离,说话也断断续续,刚说"我们全体兄弟",还没解释清楚,就又走了。

富人拿走了所有的东西,塞进自己腰包,甚至连教堂——这个穷人的天然避难所也不放过。

丹尼斯留在波兰没有回来。

当萨莎在谈论农村情况时,拼版工坐在自己房间里听着。

费克拉到贵族院议员小珂洛索夫家"上任",一开始她就在老仆人的保护下,当斯特莱尔尼亚的女厨子和洗碗碟女工。

克拉芙基娅·阿勃拉莫芙娜宝贝儿。

萨莎在浆洗房里任劳任怨地干着:"我们决不会幸福,因为我们只是平头百姓……"

一群宽额的诸子鲦鱼[1]。

从茹科夫那里来的许多仆人,多亏老头子鲁卡·伊凡诺维奇的庇护;他年岁很大了,是像《圣徒传》中传说的那样一类人物。这样的堕落与他是无缘的。

萨莎喝了许多茶:她一次就连喝六杯。

该死的家伙当了制图员,那么,靴子又该怎么样呢?[2]

秋天,月光下的寒夜。费克拉就在那个地方被强盗剥光

---

[1] голавль:鲦鱼属鲤科,学名 Cyprinus dobula。——中译者
[2] 俄文中 сапог,既有"靴子",又有"笨蛋"之意。这句话意为:坏人当道了,笨蛋可怎么办呢?——同上

了衣服,她光着身子跑回家,去敲板棚的门,请人家给她一件连衫裙遮遮羞。穿上衣服,她就坐下哭起来了。想必是因为她被人摸过了,所以无论马丽娅,还是奥尔加,谁也没有对她说什么"触心境"的话。

收入少,经济困难,工作却最多。家里越穷,就越难过活;对家里的照顾越多,就越得多干活。

像K.A这样年纪的女人想的是:女孩子应该嫁人,就像女孩子应该去做个好客人一样。

印刷所的人口稠密使拼版工疲倦不堪,所以他总想一个人留在家里。

茹科夫斯珂耶被人叫作无礼汉霍鲁耶夫卡。

一群大学生手牵手、吵吵嚷嚷地沿着街心花园走着;其中有一个竟伸手去揉摸萨莎的胸部。

马丽娅生了十三胎。

夜里,基里亚克跑来大吵大闹。修士司祭穿着衬裤闻声赶来。拼版工把钱给了他。看门人放下吊梯，就这样从梯子上倒栽下来。他吃了一惊，就留在那里住下去了。

萨莎已经有十三四岁了，她以为自己要比放荡不羁的母亲严肃些，并为这样的妈妈深感担忧。

奥尔加沉湎在宗教的狂热之中，以至忘记了一切。后来她才想起来：她仿佛愉快地公开承认过——她有了丈夫和女儿。

墙上挂着一张照片，照片上和丈夫（她的崇拜者）在一起的K.A已经被剪去了；她只同丈夫一起过了一年，就撇下他死了，这是一个以爱丈夫为自己天职的女人。

K.A不信教，但是人家却要她遵守教规。据她看来，信教也不过就是画十字和斋戒而已。如果普通人说他不信教了，那别人就可以在大街上把他揍死。

无论什么东西都不能像金钱那样使人着迷和沉醉，有钱的人多了，这个世界看来要比只有一个人有钱好得多。

伊凡·马克西莫维奇不管什么天气都带着伞，穿着套鞋走来走去。[1]

村长说:"请吧,东正教徒们,居然会有这样的灾难。"[2]

尼古拉早被人们忘到九霄云外去了,但在每间农舍附近,老百姓却聚集拢来,超度他。

村长:大人,他说这些话没有用。契基尔捷耶夫家确实很穷;不过他们这些人(不加分析)不可信,(他们拼命喝酒,正是由于这样一个原因)正是由于这个(不加分析)拼命喝酒的原因,可真不得了,他们这些人总是胡闹。什么也不懂。[3]

县警察局长温和地对奥西普说:"给点水喝。"奥西普也同样用平静的声音叫他:"滚出去。"

克拉夫特·阿勃拉莫芙娜过去常常顺着林阴大道跑去参加舞会,几年过去了,现在她总是在家里坐着,她的老顾客有时来走走,但这些人也越来越少了。

---

[1] 《套中人》。这一条的内容已载入1896年日记中关于孟什科夫这一段。——俄文版编者
[2] 以下二十三条:《农民》。——中译者
[3] 这一条是《农民》中村长对前来讨税金的警官说的。——同上

纯粹是惩罚。

受到守护神节的庇护。光喝酒就花掉协会的五十卢布，这些钱都是没喝酒的人的税款，他们的婆娘们还在饥饿和绝望中挣扎。欢饮连续了三天。[1]

一个严厉的村长，掌握着极大的权柄。协会里的任何秘密、不相干的人的任何出名的事情，他没有不知道的。有人谈论关于盖有古代金印的证书等等事情，他都晓得。

一个老头子不信上帝，他几乎从来没有想到过上帝。他唠唠叨叨，却在过着实实在在的日子。

一些可敬的老爷，大谈他们爱同胞，爱自由，乐于帮助穷人；然而他们仍然是农奴制度的拥护者，因为他们不能须臾离开卑躬屈膝地服侍他们的奴仆。他们把某些真相掩盖起来，假造出一些神圣的思想来骗人。

克拉夫特·阿勃拉莫芙娜斋戒时恪守清规。

马丽娅梦见了什么，她却说："不，我宁愿相信这是

---
1 守护神节（Престольный праздник）还有本教堂节日之意。——中译者

真的!"

严厉的安契普·塞德尔尼科夫常把人关进拘留所,有一次甚至把自己的祖母也关了进去。

一个年老的仆人常常大声地自言自语。他请萨莎给他讲讲乡下的情况。他已经七十六岁了,但却说只有六十岁。

仆人看不起商人和他们的小姐。

他常说些富于机智的话,以至大家都很尊敬他,尽管他们对他的话都似懂非懂。

马丽娅给了奥尔加不多的几个钱打发她走后,滚在地上号啕大哭:"又是我这个穷透了的笨人孤苦伶仃一个人过活了。"

对地方行政长官说来,保留自己的某些意见倒是次要的,因为这一来,可以不按法律和规章办事的上司,就会在26日的行政官会议上,用口头或书面来表示自己的不快。

萨莎挑剔说,浆洗好的衣服上有股臭味儿,还说楼梯也发臭。她挑剔这，挑剔那，却终于被说服了，人家告诉她，她的生活方式只能是这样的。

奥西普相信超感觉的东西，但是他又想：这只是与女人有关。而当不久之前，大家谈到一些怪事奇闻时，人家向他提出许多形形色色的问题，他只好勉勉强强地回答："谁知道是怎么回事呢！"

萨莎："虽然离死还远得很，但当你活着的时候，统治、支配生活——这都是必需的。"不知什么原因，她喜欢去听拼版工人断断续续的乐曲。

不教孩子们祷告和信仰上帝，不用各种清规戒律去约束他们，只是在斋戒时禁止他们吃圆形的东西。

对那些既信奉基督教，又以虐待他人的残暴行为著称的人，我们现在感到惊讶；将来人们也会对今天的虚伪现象感到惊讶：有人一方面说着反对作恶的假话，另一方面在伪善的面具下干的正是同样的恶事，比如侈谈自由的人却在大量役使奴仆。

他从她那里胆怯地拿走的是她能够给他的东西，而用基督受难的欲望般要取走的却是地球上没有、也不能给予的东西。[1]

某人在楼下敲地板,伊里娜也用敲地板来回答他。那个人是楼下的房客。[2]

费拉彭特从地方参议会来,这个耳朵有点聋的老头子说:"小水塘、小水沟,我到那个……那里好像什么也没有。那样的小钻孔嘛,我稍微有几个。"他穿着一件高领破大衣。"那边小蟋蟀、小风笛倒也有。"(聋老头子前言不搭后语)

伊里娜:"我要到塔干罗格去了,那里还能干一点像样的活,这里却到处都是暗礁。"

瓦里亚:"为什么我的头发会这样变白!"

巴尔扎克在贝尔基契夫结婚了。

在第三幕,索莱内依跑来告别:他奉调到另一个旅去了。

---

[1] 《在熟人们中间》。——俄文版编者
[2] 以下二十九条:《三姐妹》。——同上

契布齐金:"如果哪个女人看上了我,我立刻就收她做我的情妇……要工作,也要恋爱,应该如局外人般去对待变动。既要这样又要那样嘛。"

伊里娜是个电报生,她在第二幕出场,说:"刚才,有个女人到电报局往沙拉托夫给她的哥哥打电报,说她的儿子今天死了,可是怎么也想不起地址……于是只得没有地址,一直打到沙拉托夫算了……她哭着。"

伊里娜在第二幕结束时,因为孤苦伶仃而大发牢骚。

库利根获悉玛莎服毒自杀的消息后,首先担心中学里不知道这件事。

伊里娜:"多么卑劣的勾当!——无论什么样的意识,无论什么样的思想。"

库利根踱来踱去只是为了休息休息、自我安慰、坐一坐、聊聊天、解解馋……

父亲逝世前不久,壁炉里发出过嗡嗡的声音……现在还在那里响着。听见吗?多么古怪!

玛莎虽然带有偏见，却不失为一个漂亮的女音乐家。

"您的妻子是女演员？""是的，校长和教员们都很喜欢她；我是非常爱她——玛莎的，她是那样的可爱。"

库利根："房子共值五万卢布，应当大家分享，也就是说，要分成四份，而弟弟却想独吞，他想独享这笔钱。但玛莎却不愿过问。"

契布齐金医生总是喜欢给自己梳梳头，把头发梳平，对着镜子自我欣赏："真是见鬼了，我的小鸽子。"

千万不要过高地估计现在，千万不要寄希望于现在；幸福和愉快只能是对幸福的未来的憧憬。关于那种幸福生活的憧憬：幸亏有我们，它才会在将来某个时候出现。

Бел每天晚上都要去送送伊里娜，那是在她下班回家的时候。

大家把丈夫打牌赌输的消息瞒着他的老婆。

医生："今天，德米莱尔斯基要上您家去吗？""为什么要去呢?""我想他应该去啊。"

屠森巴赫伯爵,尼古拉·卡尔洛维奇,克洛涅-阿里沙乌耶尔,尼古拉·列伏维奇。

母亲总是津津有味地叙述着巴比克、索尼亚他们那样名声显赫的人。

伊里娜:"城里在传说:你昨天在俱乐部里玩牌时输了一千卢布,是吗?""是的,是这样的。"

哦,我的上帝!像这些人那样劳神苦思,挖空心思,像他们那样,为了生活享受而不得不折腰,像他们那样懒洋洋、惊惶失措、忧心忡忡……但生活本身就是如此,也只能如此,无法改变,还要保持原样,遵循着自己固有的规律。

混沌初开时,人类茫然失措,到处寻觅自己的目的而不可得,因而感到苦恼,结果终于找到了自己的上帝。为孩子或人类而生活着是不可能的。而如果没有上帝,那生活就不是为了死了之后去见上帝。

一个人理应是有信仰的、或者正在寻找信仰的人。人没有信仰,就成了行尸走肉。

伊里娜:"听城里人说,你昨天输掉了三百卢布!"(奥尔加也说过这样的话。)

Туз.:"为什么要等待三百年以后的生活呢?今天的生活不是挺美好的吗?"

为孩子们开的特别午餐:不能喝水,要吃平常吃的肉和蔬菜,不能出汗。

妹妹每年都要生一个孩子。

费尼亚沿着楼梯一会儿上,一会儿下,还从栏杆上滑下来,一直折腾到头昏耳鸣为止。

费尔说,他看见费尼亚活像是他所丧失的那种生活的化身。

他在自己家的院子里为她建造了一个溜冰场,她就到那里去溜冰。

他把格列巴送到莫斯科立宪民主党党部去。

他想改变自己又快又笔直的走路习惯,但那结果是他突然挺直胸脯,跑起来了。

一个市立中学的督学说:"教师太蠢了,他竟然埋怨普希金没有为教会做过什么事情。"

C在吃中饭时还要上音乐课。

不可避免地过着有病在身的、孤独的、空虚的生活。

提着手杖的医生。[1]

还是没玩赢。

"只要你想要,我们就会有独一无二的、无法估价的作家。"——这是茹里亚勃珂[2]在1867年写的。

他最喜欢的文学——譬如莎士比亚、荷马……的作品,并未使他困惑过。

他在荷马、雨果、狄更斯的作品中找到了某种共同的

---

1 《三姐妹》。——俄文版编者
2 Жулябко:人名,契诃夫的朋友。——中译者

"魔鬼",他把这些魔鬼称作"自发性的,不可抗拒的";他从来不读俄国作家的作品,而且非常痛恨这些作家。

他是我的好朋友,约摸十五年前我收到过他的来信,要我写一点小说,但看来他是把这件事给忘了,没能记住;现在,我们偶尔在领地碰碰头。

显然,文学把他一点点吞吃了,把他的血一滴滴吸干了,却剥夺了他睡觉的权利;他对文学的酷爱简直到了可怕的地步,但文学却并未报答过他的爱慕盛情。

当早上,我坐着马车离家出去时,他正坐在卧室里,还没有穿好衣服,却已经透过窗子用仇视、憎恶的眼光看着我——你当然知道,我正是一个俄国作家嘛!

在他那里经常有另一个孤独的人——这就是加富利连珂(他把自己的姓氏写成"加富雷连珂"),此人所说的话只有一句:"我极为感谢您!"他在贵族银行以四厘利息借来钱却以一分二厘利息再放出去。尽管如此,他还是被称为大善人,品行端正的好人。

他同时还是一个知名人士:退伍军人、酒鬼、一直是个沉默的人,只在打牌时低声哼哼:"嚓啦啦,嚓啦啦,军队嚓啦啦。"

他不读俄国作家的书,却无端地仇视、蔑视这些书。

吃过中饭;他发脾气了,怒气冲冲地叫着:"舔舔自己的盘子去!"

现在，自称为神经错乱是很时髦的，但是，实际上哪来那么多的神经错乱的人啊！通常最常见的是自称为疯子的骗子。

原先挥霍了国库里的钱，现在对生活厌倦了，只好开枪自杀。[1]

雅尔采夫喜气洋洋地从自己的女学生那儿来了。[2]

墙边放着一排不久前才买来的新椅子，还没有谁去坐过。

"老爷正在骂人。"

有一个人很害怕：如果他一开口，恰好有人问他："您对此有何高见？"他一定会很尴尬，于是他一言也不发。

牲畜渴望着骡马店的大门秘密地打开，找到一个栖宿之处。因此，人也看重其他一些秘密，正是一种本能的动物生活手段。[3]

---

[1] 《职业问题》。——俄文版编者
[2] 《三年》。——同上
[3] 《带阁楼的房子》。——同上

附录一 契诃夫的临终

奥尔加·克宜碧尔·契诃娃

契诃夫给他妹妹的最后一封信是在1904年6月28日写的。他死于1904年7月15日，在德国的巴登威勒。契诃夫夫人（奥尔加·克宜碧尔，1901年5月25日与契氏结婚），在回忆莫斯科艺术剧院的文章中，曾写有关于契氏临终情况的材料，摘译如下：

安东平常欢喜一切带有滑稽味的或幽默味的东西。……甚至在他死前的几个钟头内，他还编造了一个故事，使我大笑了一场，那是度过了三天忧郁而焦急的日子以后。近黄昏的时候，他觉得好了一些，怂恿我出去到公园散步，因为这三天来我一直没有离开过他。当我回来以后，他显得很烦恼，因为我没有去吃晚饭。我解释说，还没有敲锣。结果我们都没有听见敲锣，因为安东开始编造了一个关于一个极阔气的温泉的故事，那里挤满了肥胖的、营养良好的财政家，强健的、满面红光的美国人和英国人，他们都喜欢吃喝……他们在整天游览后不期而遇，而且思想都集中在饭桌上。忽然他们知道厨子跑掉了，晚饭开不成了。安东描述了这个分赃团伙在他们的胃受到这个打击后那副狼狈周章的神气。

在度过那最后的三天不安的日子以后，我那么地大笑着……我并不知道，几个钟头以后，我将站在安东的遗体旁边。

安东是安静地死去的。我在夜里醒来，他生平第一次让我找医生。在一种将要发生什么含有深意的事情的感触下，我有一种奇特的正常而平静的力量，好像有人安全地领着我。我只记得有过一个令人迷惑的可怕的瞬间：在这座熟睡的大旅馆里的密集的人群中，同时使我感到自己的完全孤独和绝望。有两个俄国学生，是兄弟俩，住在旅馆里，我请他们中的一位去请医生，我自己则把冰敲碎放在安东的胸口上。

医生来了，嘱咐给安东吃香槟酒，安东抬起身来，口音清亮地对医生说着德国话（他懂得一点德文）"Ich sterbe"。于是，他擎起杯子，把脸转向我，带着他的那种特有的笑容，说："我好久不喝香槟酒了。"他一饮而尽，安静地向左侧躺着，即刻永远地沉默了……

附录二 契诃夫和他的作品中的题材

米哈伊尔·契诃夫

契诃夫的故乡塔干罗格,在安东·契诃夫的文学作品中得到了反映。这在《套中人》里很明白地显示着,它的主题人物毕里珂夫,便是取自亚历山大·狄珂诺夫。这人是塔干罗格初级学校的教员兼学监,契诃夫是那里的学生。狄珂诺夫一直干了三十多年这个差使,他教出来的许多学生都做了学校的教员或校长了,许多学生成了他的同事——但是他一直没有变化,连他的生活方式也依然如故。他仍然是十年或十五年前的老样子,他穿着如学生所说的"有花纹的"裤子,同样的外衣,住在同样的一间屋子里,说着同样的一套话。他走路的步子很轻,因此学生叫他"蜈蚣"。没有人能够说出他的错处,每个人都和他很熟悉,对他所说的每一个字都那样熟悉,因此,反而注意不到他的优点了。他在学校里开头常说的一句口头禅是:"见你的鬼!"假如他在他的生命中有一次没有说过这句话,那么必定是经过事先考虑的。

他并不严厉，但是他也不放松任何规则。一句话，他是一架机器，走路，说话，动作，完成任务，然后炸裂了。狄珂诺夫一生都穿着套鞋，好天气也是如此，总是带着雨伞。

在《套中人》中关于五月节的描写，即学生们跟着他们先生离开市镇到森林中去，也正是塔干罗格的风俗。杜柏克森林离市镇二里地，契诃夫非常喜欢那些五月节，常常喜欢回忆它们。在《姚尼奇》内所描写的公墓，就是塔干罗格的公墓。

许多纯粹是塔干罗格的人物现身在契诃夫的长篇小说《我的生活》当中。他有个姨母叫费多莎·雅佳维列维娜，是他母亲的妹妹，她赋性善良，不仅爱她的亲戚，便是对外人，也是如此。她非常穷困，在一个名叫蒲列克菲·阿列赛耶维契的屠夫那里租一间屋子住。屠夫的母亲管家。但是他对费多莎·雅佳维列维娜比对他母亲更喜爱些，常常把他的钱财全部交给她保管。在《我的生活》中契诃夫生动地描写了屠夫和我们的姨母费多莎："我们的妈妈，我一定要照顾你。在我有生之日，我一定养你到老；当你死时，我要尽我的财力来埋葬你。"

这些都是蒲列克菲·阿列赛耶维契真说过的话。在小说结尾，契诃夫写道："他受到一次鞭笞的处罚，因为他在自己的铺子里当众辱骂了医生。"这个事件确实发生过。不过不是在塔干罗格，而是在尼耶尼·诺维哥尔德。那时正流行霍乱，臭名昭著的巴式诺夫做总督，掌握着最高的统治权。有一个好脾气的店铺掌柜卡得耶夫在和他的顾客的私人谈话中这样表示了他的意见："你不要信他们那一套，我们城里并没有什么霍乱；那是医生的胡说。"立刻有人在巴式诺夫将军那里告了密，他命令鞭笞老卡得耶夫，并且把他送到医院里去看视霍乱病人，使他信服这里确是有霍乱流行。这一事件，我记得曾激怒了契诃夫。

1879年的冬天，契诃夫把他的处女作《给我的邻居的一封信》投到《飞龙》上去。我记得他是多么不耐烦地等着编者在报上的"代邮"栏中给他回信。回信来得很快："还不算怎么坏，我们鼓励你的进一步的努力。"从这里开始了契诃夫的文学生涯。我认为《给我的邻居的一封信》是用我父亲写给我祖父的一封信做底子的。契诃夫在1878年所抄录的这封信直到现在（1923）仍然保存在我的姐姐玛丽手里。

契诃夫的哥哥伊凡·契诃夫在莫斯科附近的伏斯卡尔斯卡当小学教员，那是个像大村的镇子。那里的生活照老样子进行着，生活水平很低，镇上的居民没有破坏它。镇上驻扎着一个炮兵中队，它的头目是B. I. 马耶维斯基上校，这是个有力的社会人物。著名的斯拉夫派分子V. D. 高洛卡维斯托夫也住在这里，他的太太曾给彼得堡和莫斯科的官立剧院写过剧本。每年契诃夫一家到这里和伊凡消夏，而且就住在伊凡的学校里。伊凡是马耶维斯基的孩子们的教师，他虽然和炮队的官员与莫斯科的知识界混得很熟,但是他总是在伏斯卡尔斯卡度过暑假,在这些日子里,契诃夫一家和这些人交上了朋友,当契诃夫在1884年从医科毕业来到伏斯卡尔斯卡的时候,他立刻熟识了更多的一群人。这个地方的生活中心是马耶维斯基家,他们的孩子安妮、苏亚、阿列霞,都和契诃夫成了好朋友,他把他们描写在小说《孩子们》中。从这里他获得了军事生活的知识,他把它应用在《三姐妹》的剧本里。

这时,安东为彼得堡的幽默杂志《断片》写稿。不多久,他又为莫斯科的小报写稿,不过,这一切写作都只算用笔头开玩笑。那时,初学写作者的稿子能在彼得堡的报纸上登出来,是不常见的。事情是这样发生的:《断片》的发行人,著名的幽默家列金(N. A. Lakin)去莫斯科拜访他的朋友、诗人巴列明(L. I. Palmin)。他们俩坐在一辆马车里,他们看见有一个长发青年在马路上走着,巴列明对列金说:"这是一个有才华的小伙子。"列金问:"他是谁呢?""那是契诃夫,你应该向他拉稿。"列金于是来找契诃夫,要他为他的报纸写稿。新的前途这时展开在这个青年作家的前面了:他的作品可以进入彼得堡的报纸了,他的作品不仅要在莫斯科的酒馆里被阅读,而且将要被文学界所重视;那么,他必须做进一步的努力才行。他需要新的材料,于是他开始体验周围的生活。离伏斯卡尔斯卡一里半地是契克诺·塞姆斯忒弗医院,那里的首脑人物是有名的医生P.D.阿尔琴格列斯基,他的名字,作为一个治疗家,是非常有声望的,医科学生和青年大夫都愿意在他的手下工作。安东·契诃夫也是如此。他立即和阿尔琴格列斯基成了朋友,开始诊视病人,为医院帮忙。医院使安东密切地接触病人和下级医务人员。下述事件供给了安东的小说《手术》的材料:有一次,当阿尔琴格列斯基正在忙碌的时候,他吩咐一个医科学生(显然是名医S.P.Y)替一个病人拔牙。这个没有经验的学生拿着钳子,费了一番力气以后,竟拔了一个好牙出来。

"不要紧,"阿尔琴格列斯基鼓励他,"能拔掉一个好牙,那你或者就能拔下那个坏的。"

这个学生找到了坏牙,把齿盖敲碎了。病人出言不逊地走掉了。

医生奥斯本斯基常常从忒维尼哥尔德到这个医院来,他会玩种种把戏,能够很滑稽地转动自己的脑袋,用"您"称呼每个人。

"您听着,安东,"他有一次对契诃夫说,"我就要离开了,那里没有人接我的手。必须有一个好小伙子才能接替我的位子。我的蒲拉加亚一定照应您。那里给您准备着一只六弦琴……"

安东·契诃夫同意了,带着我到了忒维尼哥尔德。这个小镇离伏斯卡尔斯卡约有十五里地,是个县的行政中心。作为兹维尼哥尔德·塞姆斯兹弗医院的行政负责人,安东依据职位,奉行本城行政机关训令,诸如验尸,为法院做鉴定,等等。他常常出席县会(参看小说《妖妇》),使他立即熟悉了乡下人、官吏和职员的生活。他在伏斯卡尔斯卡和兹维尼哥尔德的生活,在他的文学工作中作用很大。他的兹维尼哥尔德的观感是他的一系列作品的基础——《尸身》、《验尸》等等。伏斯卡尔斯卡的邮政局长安德烈·雅伏哥罗耶契,后来被描写在小说《应考》中。

契诃夫的小说《流浪者》,包括了许多他1887年在南俄旅行的个人体验。在他的旅行中,特务们监视着他的行动,一个特务接替一个特务跟随他到每一个地方。有一个特务,借口说寺院旅馆没有房间,留宿在契诃夫的屋子里。他把这描写在《流浪者》中,不过把环境完全改变了。

在我看来,《主教》和下列的一些事实是有联系的。

1888年到1889年之间,契诃夫一家住在莫斯科一座二层楼的房子里,房主是加尔内耶夫博士。安东和我住在地下室。我在莫斯科大学上学。我们的母亲和妹妹住在楼上,楼下是会客室。那座大的木头房子,加尔内耶夫博士住着的,充满了大学生,由于博士在莫斯科大学充任副学监,私人招来了房客。在这些大学生当中,有一个是斯提芬·塞尔盖耶维契·K,文科学生。这是一个严肃的、信仰宗教的青年人。我们这伙大学生彼此住得既然这么接近,所以都成了朋友,那个信仰宗教的斯提芬·S.K，便是常常来我们家走动的一个。

我得到法律学位以后，立即在图拉省得到一个位置。斯提芬·S.K也得到了他的学位。不久，我们惊奇地知道他竟当了教士。最后，他当了方丈，后来又做了主教。斯提芬·S.K建立了这种教会中的声名，大约是在他三十岁的时候。我相信他是那时俄国主教中最年轻的一个。作为一个受过大学教育的青年人，他立即发现了主教生活的黑暗的一面。他变成反对派，受到打击，被褫夺了职位，给送到高加索一座冷僻的修道院中去"休息"。当他还在做主教的时候，那个尊贵的教皇常常莅临克里米亚来医治神经痛，他的毛病是由于劳累过度而引起的。在这些会见中，他一定要来看契诃夫，安东这时正住在雅尔达附近的阿提加房子里，生着肺病。这些会见为契诃夫的小说《主教》提供了题材。

下面的事件供给了契诃夫小说《蚱蜢》的背景。

大约在1888年，莫斯科住着一位军医，名叫狄米特·波伏洛维契·K。他的太太是苏菲·皮托维娜。狄米特·波伏洛维契从早忙到晚，苏菲·皮托维娜在他不在家的时间内学绘画。她是个天赋很高的女人，有着一个艺术家的敏感的灵魂。她长得并不好看，但是有着一种极为动人的品格。他们家里聚集着许多人：艺术家、音乐家、作家、医生。我们契诃夫家的人常常喜欢去这里。整个夜间，尽是嘈杂的谈话，音乐和歌唱，在客人堆中是找不到主人的。但是，一到夜半，房门开了，医生的高大的身影出现了，他一只手里拿着叉子，另一只手里拿着刀子，沉静地宣布道：

"太太们，先生们，请过来用点什么吧。"

大家拥到餐室里去，对于食品的质量和花样，都感到惊异。桌子周围简直毫无空隙。苏菲·皮托维娜跑到她的丈夫跟前，捧着他的头，冲动地喊："狄米特！K！（她常是喊他的乳名）瞧呀，朋友们，这是一张多么出色的脸孔呀！"

有两个艺术家常常到这个家庭里来。一个是风景画家I. I. 列维坦，俄国风景油画派的创始人；一个是动物画家S. S.。他们不久都成了狄米特·波伏洛维契的好朋友。他们老是隐退在什么地方，一块坐着谈话和喝红酒。其他客人，正如我说的那样，只能在夜半看到狄米特·波伏洛维契·K，当他打开房门请他们去吃宵夜的时候。但是列维坦关于他的不得不出面，有着一种高见，所以他常常被太太们包围着，高声地重复着，卖弄地说："我疲倦了。"

后来，苏菲·皮托维娜跟着列维坦学画。

莫斯科的艺术家们夏天往往去伏尔加或忒维尼哥尔德附近的苏汶斯基·斯洛卜达作画，而且在那里集体生活几个月。列维坦去到伏尔加，和他同去的是苏菲·皮托维娜。她在那里度过了整个夏日。下一个夏季，她又和列维坦到了苏汶斯基·斯洛卜达。朋友们和相识她的人们开始风言风语了。然而苏菲·皮托维娜每次回家以后，总是照常地快乐地跑到她丈夫跟前，抓着他的手喊：

"狄米特！K！让我抓紧你的洁白的手。看呀，朋友们，多么高贵的一张面孔呀！"

而列维坦仍然继续去看他们，仍然重复地说着："我疲倦了。"

列维坦和苏菲·皮托维娜之间的亲密，使得画家S厌恶，他向狄米特·波伏洛维契·K倾吐出他的心思，狄米特·波伏洛维契·K也必然早就疑心这种亲密了。显然，契诃夫也讨厌这件事。我记得他嘲骂苏菲·皮托维娜，称她为"沙弗"，并且笑话列维坦。最后，他终于克制不了自己，写了小说《蚱蜢》，他在这里描写了所有这些人，改了名字，用了不同的结局。

这篇小说的出现，在契诃夫和狄米特·波伏洛维契·K的朋友之间，引起了议论。有的人义愤填膺地攻击契诃夫，有些人恶意地冷笑。列维坦阴沉沉地跑来找契诃夫，要他解释。有人说，他甚至要求和契诃夫决斗。但是一切都安然过去了，安东把它当作一场笑话。但是，正如平常那样，在这后面是一种辛辣的、讽刺的笑声。一句话：一切照常，安东·契诃夫和列维坦依然是好朋友。

1891年夏天，我住在图拉省的一个小镇阿列森，我接到安东的一封信，要我找一处房子，他和全家要来这里过夏。

我在奥加河岸上找到一座平房。河岸、森林、群山、原野，一切都是美丽的。我选择的这座平房，原来是很蹩脚的一座，后来竟变成了寻找另一处的因素。命运竟好像是来帮助我们的。艺术家列维坦和L. S. 米斯诺夫小姐，我们的好朋友，从莫斯科来看望我们，他们从萨卜克哈夫开始乘船走，在船上碰到本地的青年地主N. D. 白列姆-克鲁苏维斯基，他正在回到他的距阿列森不远的庄园巴葛弗鲁夫去。他被契诃夫用毕鲁克洛夫名字描写在《住在二层楼的人家》里，"一个青年人，早晨起得极早，穿一件长袍，在晚上喝啤酒，老是说，他始终没有在任何人身上或任何地方碰到过同情"。白列姆-克鲁苏维斯基和他的太太阿妮美莎住在一起，她在小说中的名字是柳勃夫·伊凡诺维娜。他喜欢冗长的谈话，谈我们的时代病——悲观主义。他是一个好人，但是聒絮得使人害怕。

"这是个一望无际的、荒凉的、单调的、烧毁了的草原，"契诃夫这样写道，"当他坐下谈话的时候，不能像人类那样地沉思一下，谁也不知道他将怎样处理自己。"当他知道列维坦和米斯诺夫小姐是去看安东·契诃夫，这个他所敬佩的作家，而且住得离他的庄园又极近的时候，他请求他们去看他。当天晚上，他打发来两部马车，我们大家都到了白列姆-克鲁苏维斯基先生那儿。

我们所碰到的事物简直出乎我们意料之外！这是一片

古老的、不为人所注意的庄园。邸宅是凯萨琳一世时的建筑物，是一所巨大的二层楼房子，每间屋子是那么宽大而深长，我们的母亲要从这间屋子走到那间屋子的时候，必须在中途坐下休息一会才成。安东非常欢喜这个地方，这座邸宅围绕着一个古老的花园，有着一眼望不到头的菩提树大道，富于诗意的河流，磨坊，险峻的堤岸，渔场。这一切迷惑了他。他立即向白列姆-克鲁苏维斯基租来这座房子。翌日，我们便搬来这里消夏。安东这样写着："大厅里有许多圆柱，除了一排长椅以外，没有什么家具，我在长椅上睡觉，在桌子上玩牌。这儿即使在平静的日子里，也常常从老火炉那里发出一种呜呜的声音，暴风雨的时候，整个屋子都战栗着，好像要裂成碎片。这里多少有些恐怖，尤其当夜间那十面大窗户忽然被灯光照亮的时候。"（《住在二层楼的人家》）

在这座房子的大厅里，契诃夫写了他的《决斗》，并着手写《萨哈林岛》（库页岛）。

我不大明白《海鸥》的素材来源，但是那些细节我很熟悉。

在离罗宾斯珂-巴罗葛夫附近的一所阔气的采地上，列维坦在那里过夏。他纠缠在一件爱情的纠纷中，那结果是他想自杀。他确实用枪打过自己，但是子弹在头部轻轻擦过，并没有伤了头盖骨。这个恋爱事件中的吃惊的女主人公，知道契诃夫是个医生，又是列维坦的朋友，并且不愿意把事情公开，她打电话请契诃夫去。契诃夫搭火车去了，情形怎样我不知道，但是后来契诃夫告诉我说，他碰到列维坦头上包着黑色绷带，当这个艺术家向太太们解释的时候，才撕掉了它，扔在地板上。列维坦于是拿了一支枪到湖上去了。他回到他太太身边的时候，带着一只被枪打死的海鸥，扔在她的脚旁。这两段情节出现在《海鸥》里。数年以后，我在报纸上读到一些回忆契诃夫的文章，在这里面一位和我们家相识的太太谈到《海鸥》的情节，她自称就是这个事件中的女主人公。这是不实在的。我曾把前面所说的关于列维坦的情形提出来作为更正。"这个戏，"契诃夫写给一个朋友的信里说，"联系着我的一个最不愉快的回忆，我对此感到厌恶；它的内容与任何东西毫无关系，这对我来说是不聪明的。"

在《海鸥》出版约十五年以后，我遇到一个极美丽的、事先毫不相识的女人，当她知道我是契诃夫弟弟的时候，她告诉了我关于列维坦的故事，和他的失败的自杀。从她的第一句话里，我就明白了她和这个事件是密切相关的。

附录三　契诃夫年谱

1860年

1月17日出生于亚速海的港市塔干罗格。祖父是赎身农奴出身，父亲经营杂货店为生。

屠格涅夫的《前夜》、《初恋》出版。

А.Н.奥斯特洛夫斯基的《雷雨》出版，杜勃洛留波夫发表论文《黑暗王国中的一线光明》。

1861年

俄皇亚历山大二世发布农奴解放令。首都圣彼得堡发生了最初的学潮。

陀思妥耶夫斯基的《被侮辱与被损害的》出版。

波米亚洛夫斯基的《小市民的幸福》出版。

杜勃洛留波夫卒。

1862 年

屠格涅夫的《父与子》出版。

陀思妥耶夫斯基的《死屋手记》出版。

Л. 托尔斯泰的《哥萨克》出版。

1863 年

车尔尼雪夫斯基的《怎么办？》出版。

涅克拉索夫的《严寒，通红的鼻子》出版。

皮谢姆斯基的《浑浊的海》出版。

波米亚洛夫斯基卒。

梭罗古勃生。

绥拉菲莫维奇生。

1864 年

第一国际宣告成立。

陀思妥耶夫斯基的《地下室手记》出版。

涅克拉索夫开始写作《在俄罗斯谁能过好日子？》。

Л. 托尔斯泰开始写作《战争与和平》。

乌斯宾斯基生。

1866 年

梅列日科夫斯基生。

加拉科索夫计划暗杀沙皇亚历山大二世未遂。

皮萨列夫的《为了生活的斗争》发表。

陀思妥耶夫斯基的《罪与罚》出版。

Ａ．Ｋ．托尔斯泰的《伊凡雷帝之死》出版。

1867年

进入塔干罗格市希腊小学读书。

屠格涅夫的《烟》出版。

A．H．奥斯特洛夫斯基的《僭主德米特里与瓦西利·隋斯基》出版。

魏列萨耶夫生。

1868年

进入塔干罗格古典中学读书。

陀思妥耶夫斯基的《白痴》出版。

A．K．托尔斯泰的《沙皇费尔多·伊凡诺维奇》出版。

高尔基生。

皮萨列夫卒。

1869年

Л．托尔斯泰的《战争与和平》出版。

冈察洛夫的《悬崖》出版。

谢德林动手写作《一个城市的历史》，翌年出版。

1870年（十岁）

俄京圣彼得堡发生最初的大罢工。

陀思妥耶夫斯基的《永久的丈夫》出版。

А. К. 托尔斯泰的《沙皇鲍里斯》出版。

赫尔岑卒。

库普林生。

伊凡·蒲宁生。

弗里契生。

А. Н. 奥斯特洛夫斯基的《森林》出版。

1871年

巴黎公社建立。

安德烈夫生。

沃罗夫斯基生。

1872年

陀思妥耶夫斯基的《群魔》出版。

涅克拉索夫的《俄罗斯妇女》出版。

谢德林发表《外省人旅居彼得堡日记》。

1873 年

民粹派发动"到民间去"运动。

Л. 托尔斯泰着手写《安娜·卡列尼娜》。

勃留索夫生。

1875 年

陀思妥耶夫斯基的《少年》出版。

卢纳察尔斯基生。

A. K. 托尔斯泰卒。

1876 年

民粹派组成"土地与自由"社。

家庭破产,全家移居莫斯科,契诃夫留在故乡继续求学,靠当家庭教师糊口。

Л. 托尔斯泰的《安娜·卡列尼娜》出版。

陀思妥耶夫斯基的《作家日记》出版,并着手写作《卡拉马佐夫兄弟》。

1877 年

皮谢姆斯基的《小市民》出版。

乌斯宾斯基的《乡村日记》出版。

迦尔洵的《四天》发表。

涅克拉索夫卒。

1878年

涅克拉索夫的《在俄罗斯谁能过好日子？》出版。

Ａ.Ｈ.奥斯特洛夫斯基的《没有陪嫁的女人》出版。

阿尔志跋绥夫生。

1879年

斯大林生。

在古典中学毕业，8月入莫斯科大学医学院就学。

乌斯宾斯基的《我的备忘录选》出版。

1880年（二十岁）

冬宫发生爆炸事件。

开始用"安托沙·契洪特"笔名向幽默杂志《蜻蜓》等投稿。

作品——《给我的邻居的一封信》、《我的纪念日》、《吃苹果》、《婚前》等十篇

陀思妥耶夫斯基的《卡拉马佐夫兄弟》出版。

布洛克生。

1881年

民粹派的秘密团体民意社炸死亚历山大二世。

作品——《圣彼得节》、《在车厢里》、《审判》等十三篇。

陀思妥耶夫斯基卒。

皮谢姆斯基卒。

1882年

作品——《乡村医生》,《集市》、《太太》、《活商品》、《男爵》、《报复》等三十二篇。

Л.托尔斯泰的《忏悔》出版。

屠格涅夫的《散文诗》出版。

乌斯宾斯基的《土地的威力》、《废墟》出版。

迈科夫的《两个世界》获普希金奖。

А. Н. 托尔斯泰生。

1883年

马克思卒。

普列汉诺夫等在日内瓦组成俄国第一个马克思主义团体"劳动解放社"。

作品——《喜事》、《在钉子上》、《小公务员之死》、《胜利者的胜利》、《阿林比昂的女儿》、《在圣诞节前夜》等一百二十篇。

迦尔洵发表《红花》。

柯罗连科发表《马卡尔的梦》。

屠格涅夫卒。

革拉特科夫生

1884年

在莫斯科大学毕业,行医。

作品——《勋章》、《纪念册》、《变色龙》、《牡蛎》等一百二十篇。

短篇集《梅尔波梅尼的故事》在本年出版后,即改用本名发表作品。

初次咯血。

沃朗斯基生。

1885年(二十五岁)

奥列哈沃-祖也沃城的莫罗作夫工厂爆发了在俄国革命史上具有重大意义的大罢工。

作品——《普里希别叶夫中士》、《老年》、《痛苦》、《猎人》等一百二十九篇。

1886年

从去年起,开始为苏沃林的《新时代》撰稿并与苏沃林建立了私谊。

作品——《风波》、《噩梦》、《万卡》、《苦恼》、《教师》、《在法庭上》、《好人》等一百十二篇。开始创作独幕剧,《论烟草之为害》即其首篇。

短篇集《五颜六色的故事》出版。

Л. 托尔斯泰的《伊凡·伊里奇之死》、《黑暗的势力》出版。

谢德林的《生活琐事》出版。

柯罗连科的《盲音乐家》出版。

А. Н. 奥斯特洛夫斯基卒。

1887年

马克思的《资本论》开始在俄国青年学生中间普遍流传。

作品——《仇敌》、《黑暗》、《喀希坦卡》、《幸福》、《在家里》、《彩票》等六十六篇。

作品集《天真的话》、《在昏暗中》出版。

1888年

获科学院普希金奖金(半数)。

作品——《伊凡诺夫》、《草原》、《灯影》、《渴睡》、

《命名日》、《神经错乱》等十二篇。《伊凡诺夫》是他写的头一个多幕剧。

《短篇小说集》出版。

《伊凡诺夫》在莫斯科和圣彼得堡上演获得成功。

迦尔洵卒。

1889年

作品——《森林的精灵》、《求婚》、《沉闷的故事》、《打赌》、《公爵夫人》。

夏季，全家旅居乌克兰。6月，二哥尼古拉病逝。

Л. 托尔斯泰《克莱采奏鸣曲》出版。

车尔尼雪夫斯基卒。

谢德林卒。

1890年

4月出发，横越西伯利亚到萨哈林岛（库页岛）旅行，考察流放犯生活；10月途经香港、新加坡、锡兰、塞得港、君士坦丁堡，于12月间由敖德萨返抵莫斯科。

作品——《结婚》、《一个不由自主的悲剧角色》、《古赛夫》、《强盗》、《西伯利亚之旅》。

帕斯捷尔纳克生。

1891年

3月与苏沃林结伴出发旅游西欧,足迹遍及维也纳、威尼斯、佛罗伦萨、罗马、那不勒斯、庞贝、尼斯和巴黎,并且访问了蒙特卡罗。

作品——《决斗》、《太太们》。

冈察洛夫卒。

富尔曼诺夫生。

爱伦堡生。

1892年

参加下诺夫戈罗德省和沃罗涅日省的赈济灾荒工作;又在莫斯科省的梅里霍沃村主持霍乱病房。

购入莫斯科近郊的梅里霍沃庄园并定居下来。

作品——《纪念日》、《第六病室》、《在流放地》、《科拉斯加尔》、《恐怖》、《跳来跳去的女人》、《邻人》。

高尔基发表处女作《马卡尔·楚德拉》。

费特卒。

1893年

开始与《新时代》主持人苏沃林断绝往来。

着手写作《萨哈林岛》一书,并开始在《俄国思想》上选载，晚年成为这个杂志的文学部的编辑。

作品——《大瓦尔加和小瓦尔加》、《匿名者的故事》。

梅列日科夫斯基出版《论现代俄国文学衰落的原因及新流派》。

马雅可夫斯基生。

1894年

秋季再度访问维也纳，旋经的里亚斯德、威尼斯、米兰、日内瓦、尼斯、巴黎返国。

作品——《黑修士》、《文学教师》、《女人的王国》、《学生》、《在庄园里》、《老园丁的故事》、《罗特希尔德的提琴》。

梭罗古勃的《影子》出版。

勃留索夫编的诗集《俄国象征派》出版。

魏列萨耶夫的《无路可走》出版。

《萨哈林岛》出版。

1895年（三十五岁）

以列宁为中心在彼得堡组成了工人阶级解放斗争协会。

作品《三年》、《他的妻子》、《白额》、《脖子上的安娜》、《凶杀》、《阿纽塔》。

高尔基的《切尔卡什》、《鹰之歌》、《一个秋夜》发表。

乌斯宾斯基的《丛林》出版。

叶赛宁生。

恩格斯卒。

1896年

圣彼得堡发生工人大罢工。

作品——《海鸥》、《带阁楼的房子》(《艺术家的故事》)、《我的一生》。

10月，圣彼得堡亚历山大林斯基剧院上演《海鸥》，大为失败。

梭罗古勃的《噩梦》出版。

1897年

列宁被流放。

参加人口普查工作；秋，赴西欧，在法国南部尼斯休养。

作品——《农民》、《野蛮人》、《在故乡》、《在运货马车里》、《万尼亚舅舅》。

1898年

俄国社会民主工党建立。

旅法期间，支持法国作家左拉为法国犹太籍上尉德雷福斯的冤狱事件辩护的正义行动，并因此与《新时代》主持人苏沃林彻底决绝。

春，自欧返国；秋，以肺病加剧转居于南俄克里米亚半岛的雅尔达。常与Л.托尔斯泰、高尔基、库普林、伊凡·蒲宁、列维坦等人来往。

作品——《套中人》、《杨梅》、《出诊》、《醋栗》、《关于爱》、《姚尼奇》。

父巴维尔·爱葛洛维奇病故。

莫斯科艺术剧院宣告成立，上演《海鸥》。

与未来的妻子莫斯科艺术剧院演员奥尔加·克尼碧尔相识。

Л.托尔斯泰《什么是艺术》出版。

安德烈夫的《巴尔加莫特和加拉西卡》发表。

1899年

圣彼得堡发生学生大罢课。

作品——《带狗的女人》、《宝贝儿》、《新别墅》、《出差》。

Л.托尔斯泰的《复活》出版。

高尔基的《福玛·高尔杰耶夫》出版。

列昂诺夫生。

格里戈罗维奇卒。

1900年（四十岁）

列宁主办的《火星报》发刊。

与Л.托尔斯泰、柯罗连科共被选为科学院荣誉院士。

由高尔基介绍,开始在马克思主义杂志《生活》上发表作品。

作品——《在峡谷里》、《在圣诞周内》。

高尔基的《小市民》出版。

伊萨科夫斯基生。

1901年

俄国首次庆祝五一劳动节;圣彼得堡工人和反动军警之间发生了街头搏斗。

作品——《三姐妹》。

5月25日与奥尔加结婚。

莫斯科艺术剧院上演《万尼亚舅舅》,获得空前成功。

高尔基发表《海燕之歌》。

安德烈夫发表《墙》。

法捷耶夫生。

1902年

俄国农民运动炽烈化。

作品——《主教》。

对高尔基被撤销科学院荣誉院士称号表示愤慨,与柯罗连科联名辞去荣誉院士称号,以示抗议。

高尔基的《底层》出版。

安德烈夫发表《思想》。

乌斯宾斯基卒。

1903年

俄国社会民主工党第二次代表大会开幕。

作品——《樱桃园》、《新娘》。

资助因争取民主自由受沙皇政府迫害的学生。

卢纳察尔斯基的《实证美学的基础》出版。

安德烈夫的《瓦西里·费维斯基的一生》出版。

1904年（四十四岁）

日俄战争开始。巴库发生罢工。

莫斯科艺术剧院初次上演《樱桃园》。

因病情恶化于6月赴西欧治疗，7月15日，逝世于德国的巴登威勒。

Л. 托尔斯泰的《哈泽·穆拉特》出版。

安德烈夫的《红笑》出版。

H. A. 奥斯特洛夫斯基生。

贾植芳编译

我的三个朋友[*]

贾植芳

近来接到多年主持百花文艺出版社外国文学编辑工作、又是文学界同行谢大光老弟的来信，说他们出版社愿意考虑重印一下我在五十年代初译的《契诃夫手记》一书，并准备将其列入他主编的"世界散文名著"丛书出版。我一读到这个消息，衰老的神经又被深深震动了。围绕着这本书，前前后后几十年所牵涉的人和事又一一在我眼前涌现，它们是那样的生动真切，并不因时间的流逝而蒙上尘埃，一切都好像还是在昨天。

我是个在历史的风雨中、东南西北四处走的知识分子，我于自己的人生体验与感悟中，发觉友情不仅在感情上给我以温暖和慰藉，在精神上更是一种支持、鼓励与鞭策的力量，正是无数生死之交或萍水相逢的旧朋新友的帮助和厚爱赋予了我新的、在人海中搏斗的勇气。由此我又联想到这个

---

[*] 本文为贾植芳为本书百花文艺出版社 1999 年版所作后记。

译本的历史命运和它在我漫长的人生旅途中的意义,可以说,它也从一个侧面反映了中国社会前进中的曲折性与艰巨性,反映了上海自开埠以来,在历史风雨中的变革与演化。

1948年秋,我从被关了一年多的国民党中统特务监狱放了出来,关心我的朋友们深深为我们夫妇的生计与安全操心和担心,而我的妻子任敏先我出狱后,也是在这些朋友的关怀和支持下生活了将近一年。"患难见人心",此刻,我又一次尝到了这句古语的甜头。

却说我出狱后,当时经营文化工作出版社的韦秋深(其实他的出版社不过是上海人说的"夫妻老婆店",他们住在北京路一个小弄堂内的前楼上,生活也很清苦)得知我出狱后,特意约了我们夫妇在北京路的一家小饭馆吃便饭。吃完饭,他从大衣口袋里摸出十五元银元,放在桌上,说:"老贾,你刚出狱,这点钱就算咱们朋友一场的一点小意思吧。"他说着就把这些钱推到了我们面前。我说:"老韦,你们的日子也不好过,生意又清淡,好在天不久就要亮了,新生活很快就要来了。我也不能白花你的钱,这样吧,我把这些年写的那些散文式的小文章编一本,这些钱就算预支的稿费吧。"于是,我在朋友的帮助下,从图书馆旧报刊上找到我在三十年代到四十年代里写的一些短文,编了一本题为《热力》的散文集交给他。没过多久,我们夫妇便改名换姓,用了个"行商"的身份,离开了恐怖血腥的上海,坐船走避青岛。1949年8月，我们卷土重来，回到上海，才得知我这部书稿，由老韦在解放前夕交给了当时在《大公报》编副刊的刘北汜兄，并作为他主编的《冬青文丛》中的一种出版了，作者署名用了我来上海卖文后起的一个笔名"杨力"。

我们夫妇自抗战胜利来上海后，一直过着颠沛流离的生活，尤其是1947年秋，我因文贾祸，以"煽动学潮罪"被国民党中统特务关押一年多，出狱后又受到追捕，东躲西藏，最后不得不离开上海。因而解放后重返上海，我们夫妇的翻身感特别强烈，压在人民头上的专制腐朽的政府被彻底推翻了，取而代之的是一个生机勃勃的新政府，也就是说，我们多年的追求与为之付出了沉重生命代价的理想总算变成了生活的现实，我们真正成了国家的主人，能够为新中国的建设和发展贡献自己的人生智慧和生命热情了。激动之余，精神极其兴奋，好像浑身有使不完的劲似的，总想多做些事才过瘾。但是同时，我的心中又有一些隐隐的疑虑，因为我在青岛流亡时译的《尼采传》一书的出版计划竟在这个充满希望的新政府里夭折了。

记得我把稿子译好后，寄给了刘北汜兄，请他转交给老韦，而我为这个译本写的序言，早在解放前，就由北汜兄发表在《大公报》文艺副刊了。老韦一接到稿子，立即发排，打好纸型后，正赶上解放，没想到这时却出了问题。

解放后，由于新时代的莅临，人们对知识的渴求格外

我的三个朋友

强烈，那是个人人意志昂扬的时代，所以连私人书店的生意都特别好。老韦的出版社也正式成立了编辑部，招考了两位有才干的青年做编辑，全国各地的新华书店这时也建立起来了。当时有条明文规定：由新华书店经销的私营出版物都要送市报——《解放日报》登广告，类似一种审批手续。老韦将《尼采传》清样送去时，出版部的一位干部看了看，对老韦说："现在都什么时候了，怎么还印这种吹捧法西斯的书！"老韦碰了一鼻子灰，只好自认倒霉，把原稿和清样还给了我。我一听，吃了一惊，想起鲁迅先生说过的话："这位同志是用脚后跟思想的角色。"接着又听说由胡风主编、解放前出版的《七月文丛》、《七月诗丛》等书刊，新华书店也拒绝经销。这不能不令人想起解放前香港出版的《大众文学丛刊》批判他时的那种火药味，这气味似乎仍然没有消散，仍然弥漫在中国文坛的上空，而且具体化为了一个"问题"。

真是"城门失火，殃及池鱼"。《七月文丛》里收有我的一个短篇小说集《人生赋》，用的是"杨力"这个笔名，解放后，我又用这个笔名准备出版《人的证据》一书。此书是我在解放前夕，流亡青岛时写的一部纪实小说，描绘的是国民党中统特务监狱里政治犯的斗争生活。出版者、群众书店的老板陆宗植把它送到《解放日报》时，那里一位负责审阅的同志明确告诉他："这本书里写的政治案件未经有关单位审查得出结论前，该书暂时不宜发行。"稿子又被退了回来，后来老板只好把它偷偷地弄到地摊上去卖。

这些接二连三发生的事，令我浮想联翩，旧事不禁重涌心头。1943年我为了糊口，凭报纸上登的招聘广告，到驻扎在陕西宜川县黄河边的国民党独立工兵第三团做技术翻译，结果被怀疑成共产党，他们打算要活埋我们。我们夫妇只好连夜逃命。为了躲避追捕，我们不敢走大路，只捡荒无人迹的高山爬。爬了一夜，黎明时分，才千难万险的爬到了山顶。在四顾茫然中，当时年轻的妻子任敏说："我们这么苦，还不如到延安去吃小米。"我沉默以对。因为我对延安的情况相当了解，那里有我不少的同学和朋友。抗战国共合作时期，我与西安、重庆的八路军办事处所有工作人员都有过程度不一的来往，我还介绍过一些人去延安参加革命。那里的出版物，我也能经常看到。我起初把那里奉为革命的圣地，中国的"耶路撒冷"，可1942年"整风运动"中，出现了"王实味事件"，看到了他以"托派"、"国民党特务"等莫须有罪名被处死的悲剧命运，百思不得其解。我在战前就是他的小说及众多译作的读者，说他是"托派"还有点可能，说他是"国民党特务"，我是怎么都不会相信的。而当时的解放区，就像歌词（这歌也是我1947—1948年在国民党监狱里当政治犯时常唱的）中所唱的那样"解放区的天，是晴朗的天，解放区的人民好喜欢……"，像王实味这样一个进步的知识分子，怎么可能会在那个人人向往的民主政权环境下，做了刀下鬼呢？……

不过，同时令我感到安慰的是，我在解放前用贾植芳本名出版的学术专著——《近代中国经济社会》（上海棠棣出版社出版），却在新华书店销得很好，一连印了三版。我流亡青岛时译的恩格斯的《住宅问题》，用的本名，也问世发行了。

1950年秋天起，我在上海震旦大学当教授，讲授苏俄文学专业课程。因为当时的政策是"一边倒"，正如报上所说的："苏联的今天就是我们的明天"，因而这门专业课其实也是一门配合政治形势的课程，尤其是经过1952年的思想改造，我对生存环境已由狂热转为冷静了。我这个"小资产阶级知识分子"，小说是不能写了，因为我不懂工农生活，无法遵照毛泽东在延安文艺座谈会上的讲话所指示的方向写作。早在1951年配合"镇反"，我在当时"文协"（作家协会的前身）号召下，写了一篇政治性小说——《以血还血》，在"文协"主编的《文汇报》副刊《文学旬刊》发表后，引起了一些非议，说我坚持小资产阶级立场，宣扬资产阶级反动人性论和人道主义等等。这篇小说就成了我与文学创作告别的"绝笔"。好在我在大学教书，1952年院系调整后，我被分配在复旦大学任教，五十年代初期，在《武训传》、《红楼梦研究》等一系列政治性批判热潮中，我只做冷眼旁观，取不介入态度。我这是把大学当作了避风港，就像鲁迅诗中所形容的:"躲进小楼成一统,管他春夏与秋冬。"

此时为了教学需要,也为了增加一些经济收入,我将文学活动转到了翻译,真是"避席畏闻文字祸,译书都为稻粱谋"。

我从青年时代起,就醉心于俄国文学,现在我正好又教苏俄文学这门课,因此,我根据手上的英日文资料,从1952年到1953年,先后通过老韦的文化生活出版社出版了苏联契诃夫研究专家巴鲁哈蒂的《契诃夫的戏剧艺术》,以及契诃夫逝世后,他的夫人、苏联著名的演剧家奥尔加·克宜碧尔·契诃娃编的《契诃夫手记》等几种译著,这些书由上海新华书店经纂,在全国新华书店销售,销路都不错。这与契诃夫一直是位深受中国读者喜爱和欢迎的俄国作家是分不开的。1954年上半年,我响应斯大林发起的纪念世界文化名人的号召,在上海《解放日报》上写了一篇文章——《用爱和信念劳动——纪念契诃夫逝世五十周年》。总之,一直到1955年胡风事件发生以前,我都是一个以译书和教书为生的知识分子。近来翻阅八十年代初的日记,看到里面录载了一些外国作家对翻译家的评价,如歌德把译者比喻为"下流职业的文人";英国诗人蒲伯译荷马史诗,有人惋惜他说"这样一个好作家不应当充任翻译者"等等。我看了这些话,不禁为我当时的选择苦笑。古人说"在劫难逃",即使我做了这样的选择,仍是逃不出历史的魔掌。

1955年胡风事件一爆发，我就以所谓"胡风反革命集团的骨干分子"的罪名，夫妻双双被捕关押，扫地出门。我们的一切家当，包括已出版的著译和被退回来的译稿《尼采传》及匈牙利剧作家维几达的多幕剧《幻灭》等等，都被作为"敌产"没收"充公"了。我又回到了相别才六年多的监狱，家破人散。这以后前前后后过了二十多年"开水里煮，烈火上烤，冷水里浸"的苦日子。

老妻任敏也随着我旧地重游，关押了一年多才释放。出来分配到科技出版社当校对，那里的人事科长一再对她进行过细的政治思想教育，苦口婆心地"挽救"她，要她与我"划清界线"，提出离婚，"回到人民的立场上来"。她却"不识抬举，不明大义"，终于被流放青海，并美其名曰"支援青海社会主义建设"。在青海不到半年，上海来了文件，说她在上海妄图为"胡风反革命集团"翻案，这样，她又被收监关押了四年，这才下放到我的家乡山西农村，做自食其力的农民，在歧视和贫困中，苦度春秋十八年，等候在上海监狱中我的归来。

这样经过了二十多年的苦难生涯，直到七十年代末，中国历史上发生了新的转折，我们夫妇也才重新团聚，可此时，我们都已是白发苍苍、伤痕累累的老人了。我们还算是幸运者，还等到了冤案重新昭雪的这一天，而更多的人，都已经含冤而去了，至死都不明白自己因何问罪，因何受苦。

随着"胡风反革命集团"冤案的平反，我们又恢复了正常人的生活。我回到了讲台，重新拿起了废置多年的笔。这时我虽然有了"人民"的身份，政治平了反，但在文艺问题上，我还是有麻烦的。我们这一案的朋友们，能否公开发表文章，还是个大问题。我便活学活用毛主席的革命策略——"农村包围城市"，"抛开大路走两厢"。好在我在文场上混了不少年，总有个三朋五友。我有一位在北京某大报编副刊的朋友，叫黎丁，他是个资深的老编辑，得悉我仍活在人间，就来信鼓励我说，他愿意在自己编的报纸上，为我发文章，给我一个"亮相"的机会。自1978年深秋，我被解除监督，从原来的劳改单位——校印刷厂回到中文系资料室坐班，妻子任敏也从农村回到上海，学校分给我们一间小房，我们由此才有了独立的生活空间。我此时便根据自己多年的生活体验与人生感悟，写了些散文、杂文之类的小文章，借以自娱自乐。接到老黎的来信后，我就将一篇有感而发的散文《花与鸟》寄给他，可碍于禁令，他编的报无法刊出，老黎就把它介绍给了香港的《大公报》，算是在海外给我"亮了相"。这时我还写了一篇名为《歌声》的小说，我的一位旧朋友在西北某省编文艺杂志，他自告奋勇地拿去，打算将它发表，但是后来听说，这个刊物送交有关部门审查时，我的这篇文章被领导删掉了，这位领导还教训他说："怎么能发这种人的文章！"他只有无可奈何地将文章退还给了我。

我的三个朋友

八十年代初彻底平反后，我才正式由鬼变成人，并奉命招收比较文学硕士研究生和出国预备生，同时参加一些全国性的文学活动会议。有次在杭州开会，我碰到了当时主持浙江人民出版社社务的老友夏钦翰，我们是四十年代因文学而结缘相识的。1947年，是国共和谈的旧政协时期，社会空气比较自由，我被胡风介绍到上海《时事新报》编《青光》文艺周刊。至于撰稿人员，胡风给我提供了一个名单，除了台静农、李何林，以及鲁迅的老友许寿裳外，大多是原《七月》、《希望》的撰稿者，其中就有夏钦翰，当时他的笔名叫"伍隼"，因为是以文会友，年龄又比较接近，大家就成了朋友。此时我才知道，他是浙江大学外文系毕业的学生，解放前在一家工厂或别的什么单位工作，后来我才明白，这是他从事地下工作的隐身处。解放后，他从地下转为地上，负责《浙江日报》副刊的编辑工作，得悉我又在报上作文章，特意来信约我为他的副刊写稿。我就将我写的一部纪实性作品——《人的证据》中的一章《中秋节》寄给他，这里面写的是我在1947—1948年在国民党特务监狱里的生活，他连载了好几天才登完。我另外寄给他的一些小文章，他都照登不误。这次杭州会议遇见他，谈起我在五十年代初出版现早已绝版的《契诃夫手记》一书，他说他们的出版社愿意重印，并指定一位懂俄文的女编辑做责任编辑。此时我的译本，以及当初所依据的日文本和参考过的英译本都已随着那场劫难不见踪影。我临时从图书馆的内部书库找到了这部书的旧译本，并借了一种新英文译本，认真校对了一次；又请一位在新闻系读硕士课程的学生、懂俄文的江礼旸据俄文原版也校对了一次，同时补足了一些注文。我建议小江把俄文本《契诃夫全集》里收录的那些有文学和社会意义的短文，作为补充加以移译。他译好后，我做了一点校改，写了一篇《新版题记》连同原来的《译者前记》，定稿后，作为增订本，寄给了老夏。书很快就出来了，一次印刷20000册，销售一空，这是1982年的事。此时浙江人民出版社根据分工，成立了浙江文艺出版社，仍由老夏负责。我将新版本重新又校改了一次，根据能找到手的中外文资料，编了一个《契诃夫年谱》，附在书末。转眼到了1983年，书又印出来了，这次印了22500册，销路仍然不错。因为文革后，文学一片废墟，人们极其渴望知识，因而文化市场很兴旺。老夏离休后，我就与出版社断了联系。

九十年代初，苏联解体前，老夏作为离休干部，有机会结团到苏联东欧旅游了一次，这是干部离休前的一种政治待遇。他回来后，特地到上海找我说，他去苏联旅游时，曾将他经手出版的、我译的《契诃夫手记》中译本赠送给了苏联契诃夫纪念馆保存陈列……现在值得深思的是，这个译本在五十年代和八十年代初出版时，契诃夫还是"旧俄作家"，现在苏联解体了，契诃夫又恢复了原来的身份，成了"俄国作家"，历史就像一个魔圈，绕了一圈，又回到了原地。但无论是在苏联还是俄国，契诃夫仍然是契诃夫，是一位不朽的作家。正像清末一位官僚文人所说的："帝王将相的权力只有一百年，而文人的权力可以有一万年。"这是一条适应于古今中外、颠扑不破的历史真理。

去年，又有了百花文艺出版社谢大光老弟的提议，《契诃夫手记》又有了重新面世的机会。我和老谢是同行朋友，八十年代便有来往。九十年代初，由原湖南文艺出版社外国文学编辑李全安兄的转荐，将我一位青年朋友任一鸣译、我校订的《勃留索夫日记钞》在他那里出版，随后又出版了我介绍去的宋炳辉译的《伍尔芙日记选》和谢天振译的《普希金散文选》，我们的交情渐渐越来越厚了。此次承他们的美意，重印《契诃夫手记》，我在感谢之余，随手写了这篇序文，并把它和我在五十年代初写的《译者前记》及八十年代初写的《新版题记》列在一起，它们都交待了这本书的来历和内容，读者可以看到，这个译本的命运也是我的生活命运，它在不同历史时期的先后印行，都得力于朋友的支持和帮助，没有他们，这本书就不会出版，更不能接二连三地再版，所以我题名为《我的三个朋友》，以资纪念。相信这纪念不仅是为了我个人的友情，也是为了那一段渐渐要被人忘却了的历史。

1999年夏于上海寓所

新旧译名对照表[*]

阿列克山特林斯基剧院、阿列克山特林剧院	亚历山大剧院
安德烈夫	安德烈耶夫、安德列耶夫
巴登威勒	巴登韦勒
俾亚利兹	比亚里茨
的里亚斯德	的里雅斯特
柯洛连科	柯罗连科
列斯珂夫	列斯科夫
卢纳察尔斯基	卢那察尔斯基
梅里霍夫	梅利霍沃
诺伏兹布科夫	新济布科夫
史特林堡	斯特林堡

---

[*] 本对照表左栏为本书中的译名,右栏为现今通行或更常见的译名。本书内容的定稿日期跨越不同时期,故本有一些译名不统一处,如契诃夫的故居所在地梅里霍沃,本书"日记"部分作"梅里霍夫","年谱"部分又作"梅里霍沃",新版一仍其旧。

苏伏林	苏沃林
梭罗古勃	索洛古勃
塔干罗格	塔甘罗格
特尔约克	托尔若克
特莱福斯	德雷福斯
下诺夫戈罗德	下诺夫哥罗德
雅尔达	雅尔塔
左洛特诺夏	佐洛托诺沙

《巴格里阿茨》	《丑角》
《哈泽·穆拉特》	《哈吉穆拉特》
《僧院的人们》	《大堂神父》
《伊里亚特》	《伊利亚特》

《阿莉雅德娜》[1]	《阿莉阿德娜》
《阿林比昂的女儿》	《阿尔比昂的女儿》
《白额》	《白额头》
《彼契涅格》、《野蛮人》	《佩彻涅格人》
《脖子上的安娜》	《挂在脖子上的安娜》

---

[1] 以下为契诃夫作品篇名中译对照,右栏小说依据汝龙译《契诃夫小说全集》(人民文学出版社,2014年),戏剧依据《契诃夫戏剧全集》(上海译文出版社)。书中亦有作品人物译名与汝龙译本不同者,因找到篇目即可对应人物,故不再赘列。

《沉闷的故事》	《没意思的故事》
《出差》	《公差》
《村妇们》	《女人的王国》
《大瓦尔加和小瓦尔加》	《大沃洛佳和小沃洛佳》
《带狗的女人》	《带小狗的女人》
《灯影》	《灯光》
《给我的邻居的一封信》	《写给有学问的邻居的信》
《关于爱》	《关于爱情》
《纪念册》	《照相簿》
《纪念日》	《周年纪念》
《喀希坦卡》	《卡希坦卡》
《渴睡》	《困》
《恐怖》	《恐惧》
《老园丁的故事》	《花匠头目的故事》
《邻人》	《邻居》
《罗特希尔德的提琴》	《洛希尔的提琴》
《匿名者的故事》	《匿名氏故事》
《普里希别叶夫中士》	《普里希别耶夫军士》
《强盗》	《贼》
《森林的精灵》	《林妖》
《神经错乱》	《精神错乱》
《他的妻子》	《太太》

《太太们》	《村妇》
《痛苦》	《哀伤》
《五颜六色的故事》	《形形色色的故事》
《小公务员之死》	《一个文官的死》
《学生》	《大学生》
《姚尼奇》	《约内奇》
《一个不由自主的悲剧角色》	《一位做不了主的悲剧人物》
《在钉子上》	《钉子上》
《在流放地》	《在流放中》
《在圣诞周内》	《在圣诞节节期》
《在运货马车里》	《在大车上》

图书在版编目（CIP）数据

契诃夫手记 /（俄罗斯）契诃夫著；贾植芳译. -- 上海：上海文艺出版社，2022（2025.4重印）
（艺文志. 心爱的作家）
ISBN 978-7-5321-8362-3
Ⅰ.①契… Ⅱ.①契…②贾… Ⅲ.①俄罗斯文学－近代文学－作品综合集
Ⅳ.①I512.14
中国版本图书馆CIP数据核字(2022)第154236号

发 行 人：毕　胜
策划编辑：肖海鸥
责任编辑：余静双
营销编辑：叶梦瑶
装帧设计：张　卉 / halo-pages.com

书　　　名：契诃夫手记
作　　　者：[俄罗斯] 契诃夫
译　　　者：贾植芳
出　　　版：上海世纪出版集团　上海文艺出版社
地　　　址：上海市闵行区号景路159弄A座2楼 201101
发　　　行：上海文艺出版社发行中心
　　　　　　上海市闵行区号景路159弄A座2楼206室 201101 www.ewen.co
印　　　刷：苏州市越洋印刷有限公司
开　　　本：1092×787 1/32
印　　　张：10.875
字　　　数：120,000
印　　　次：2022年10月第1版 2025年4月第5次印刷
I S B N：978-7-5321-8362-3/I.6599
定　　　价：52.00元
告 读 者：如发现本书有质量问题请与印刷厂质量科联系　T：0512-68180628